U0016504

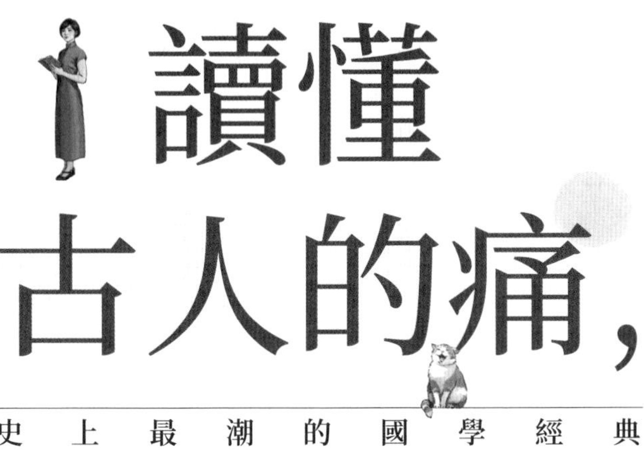

讀懂古人的痛，就能跳過現代的坑

史上最潮的國學經典

林俐君（綠君麻麻）——著　江易珊——繪

【目錄】

卷一　讀通古人在官場的痛，就能越過現代職場的坑

卷二　初戀愛情酸甘甜，自古以來誰都躲不過

卷三 男人間的真愛：父子情與兄弟情

卷四 人生態度百百款，做自己最派！

序

穿越時空，閱讀古人的生命，照亮自己的路

二〇二二年時，我開始經營臉書的粉絲專頁，原本一開始只是想寫些孩子的教養心得，因為喜歡古文，順手也寫了些古文的小故事，沒想到大受歡迎，很多人都跟我說如果我是國文老師多好；看了我寫的文章，也愛上這些枯燥的文言文；希望我能介紹更多等等。於是我從善如流，開始固定寫起古文故事，一邊寫的同時，想起很久以前，我也是這樣向孩子介紹我喜歡的中國文學。

國文一直以來都是我成績最好的一科。國中聯考（不算作文分數的話）和高中學測我都拿到滿分成績，問我學生時代怎麼念國文，我還真沒有特殊方法，就是該背的註釋認真背，參考講義、自修好好讀。

因為優異的國文成績，我順理成章念了中文系，我的學校是一所理工科系

為主的大學，連教室的地理位置都可以看出我們學校是多麼重理輕文。從校門口進入，首先映入眼簾的就是氣派的理學院，接著走幾步路就可以到達熱門科系之王的電機資訊學院。至於人文社會學院則是在遙遠後山，還要搭校園公車爬上蜿蜒的山路才能到達。

如果趕不上校園公車，那就只能抱著厚厚的史記或是文字學，爬上遙遠的山坡，每次我到教室的時候，總是氣喘吁吁，然後聽著老師上著司馬遷，一邊揮汗如雨抄著筆記，那是我人生當中最快樂的一段時光。

那個時候還很年輕，對人生有很多疑問，但每次上課，總是能從文學裡面找到救贖，這些文人在生命低潮孤獨時寫下了一篇篇雋永的生命反思，解答了我那時好多的困惑，然後你恍然大悟，時空再怎麼變換，人的情感和困頓卻都是一樣的，每次的迷惘和無助，過去的人也曾經有過。

文學那種心與心的交流，穿越了時空，可以讓人保持一種溫柔和敏銳，與人相處的時候，可以理解彼此，同理換位思考。藉由閱讀別人的生命，照亮自己的路。

念中文系的關係，我有好多的故事可以對孩子說，我可以講唐代的傳奇（孩子最喜歡胡媚兒的故事）、明清小說（聊齋誌異的狐仙很迷人）、山海經的神話，甚至是孔孟及老莊。

有次女兒問我：「媽咪，死亡是什麼，我好害怕死掉。」我對她引用孔子的話說：「未知生，焉知死？」（先把眼前的生活過好，好好吃飯，好好睡覺，專注積極當下要做的，認真活著才是比死更重要的事情。）

孩子問我好多問題，我就從古人的智慧來回答，能和孩子們一起談論著我喜歡的東西，並能解答及安頓他們的心靈，讓我覺得很幸福。

文學不只是在課本上、考題裡，它是活的，有不同的樣貌，你可以用很多的方式來解讀它。而且不論什麼年齡，都能有不同的體悟。為了能讓孩子及一般讀者理解並喜歡這些古文，我絞盡腦汁用了很多方式來改編。不管是加進流行的網路用語，還是重新翻譯讓它更接近現代的情境，無非都是希望大家能對古文產生共鳴，幸好發布到臉書上的反應都很不錯——這就是本書的雛形。

宋・惠洪《冷齋夜話》記載：「白樂天每作詩，問曰解否？嫗曰解，則錄之；不解，則易之。」意思是白居易每作一首詩，便讓老婦人讀詩，如果了解就收錄，否則再修改。這本書也秉持這樣的精神，每寫完一篇文章，就讓我家一個國中二年級女兒和國小六年級兒子讀過，如果覺得好看就收錄，否則再繼續修改，人家白居易是「老嫗能解」，我這本書是「中二能解」，所以不用擔心看不懂，而且我還在文末加上了延伸的國學常識及一些成語詞語，趁機也偷塞點枯燥知識，希望大家不要跳過啊！

最初在粉專上寫的故事字數都比較少，而且常常是興之所至，想寫什麼就寫什麼，因此充斥不少考據上的錯誤，這次要出書，我不敢掉以輕心，特地查了原始古文及論文，增補了許多材料。而文末的國學常識和成語詞語，則是出自於《教育部國語辭典簡編版》等官方正統的資料，然而可能還是會有引用錯誤或疏漏的地方，再請不吝指教。

寫這本書的目的並不是提高國文成績，而是希望能在枯燥的國文課外，稍微發掘出文人及作品背後有趣的小故事，讓課本上的知識能更立體更生動，如果讀者能開心看完這本書又能得到一點東西，我就心滿意足了。

卷一

讀通古人在官場的痛，就能越過現代職場的坑

第一章

地表最強「非自願離職書」——〈諫逐客書〉

當你的老闆突然要你走人，你會摸摸鼻子接受，還是想辦法挽回？古代沒有完善的勞基法，當然也不會有資遣費或各種保障，尤其在動盪不安的戰國時代，找工作更是不容易吶！

這時候我們可以看看李斯的〈諫逐客書〉，這篇文章讓他從一個即將中年失業的外籍勞工，成功逆轉勝二度就業！

老鼠哲學

李斯是楚國上蔡人，年輕時曾在家鄉當個小公務員。有一次，他看到辦公處附近廁所的老鼠在吃髒東西，只要有人或狗走近就受驚逃跑，整天擔心受怕，瘦弱不堪。後來李斯走進糧倉，看到糧倉中的老鼠每隻都肥肥胖胖，原來牠們不需要到處找東西吃，糧倉處處有大米，也不用擔心會有人或狗驚擾，過得非常安逸舒適。

於是李斯嘆息道：「人之賢不肖譬如鼠矣，在所自處耳！」

翻譯：一個人有沒有出息，就如同老鼠一樣，是由自己所處的環境決定的！選擇比努力重要，要是選對跑道，跟對人，就能像在糧倉的老鼠一樣，創造最大的收益與成果。

於是李斯就向有名的老師學習了帝王治理天下的學問，以現代來看，就是政治學、管理學、心理學、組織行為學、社會學集大成的學問，非常適合當時動盪不安的戰國時代。

待學業完成之後，李斯分析天下局勢，覺得自己的國家楚國沒有什麼發展空間，其他五國國勢都已衰弱，而秦國因為商鞅變法成功，國力正盛，於是就想西行到秦國去。

臨行之前，李斯向老師荀子辭別：「斯聞得時無怠，今萬乘方爭時，遊者主事。今秦王欲吞天下，稱帝而治，此佈衣馳騖之時而遊說者之秋也。處卑賤之位而計不為者，此禽鹿視肉，人面而能強行者耳。故詬莫大於卑賤，而悲莫甚於窮困。久處卑賤之位，困苦之地，非世而惡利，自托於無為，此非士之情也。故斯將西說秦王矣。」

翻譯：我聽說一個人若遇到好的機會，千萬不可錯過。現在各個人才都在爭取時機和實權，要有狼性，才能出人頭地。

這段話非常能顯現出當時的李斯急於想展現自己，追求成功名利：

翻譯：現在秦王想吞併各國，稱帝治理天下，這正是像我們這種沒有背景的人施展抱負的好時機。如果你一直在領22K，又不想著努力加薪，這種人就跟禽獸一樣，只想撿現成的肉吃，根本就是魯蛇啊！最大的恥辱莫過於卑賤，最大的悲哀莫過於貧窮。長期處於卑賤的地位和貧困的環境之中，卻還要當酸民怪社會怪政府，厭惡功名利祿，標謗自己與世無爭，這不是我的理想。所以我要跨出舒適圈，到西方去遊說秦王了。

他認為與其憤世嫉俗，自命清高，倒不如追名逐利，好過在原地當酸民。李斯的目標一直都很明確，他不甘於自己只是平民的身分，於是努力學習，研究環境，做對的選擇。

於是李斯到了秦國，先在呂不韋底下做事，慢慢一步一步往上爬，準備大展身手，好好發揮。

諫逐客書

但不出意外的話馬上就要出意外了，一位從韓國來的水利工程師鄭國，假借要修築水渠，實際是來到秦國做間諜，不久後身分暴露，馬上就被發覺。秦宗室和大臣們對此事頗為不滿，就對秦王政說：「這些從其他國家來到秦國的人，大部分都是趁機來做間諜，請求大王把這些外來的客卿驅逐。」

李斯身為外籍勞工，當然也要被遣返。但李斯畢竟是李斯，他選擇反擊，寫了這篇千古流傳的文章〈諫逐客書〉，秦王看完，不僅立刻把李斯從高速公路追回來，而且取消逐客令，廣發英雄帖，並重用六國人才。

這篇文章到底哪裡厲害呢？嗯，它第一句話就很厲害！

臣聞吏議逐客，竊以為過矣。

翻譯：報告大王，臣聽說秦國有官員建議您驅逐外籍勞工，我私下認為這是錯的。

逐客令是秦王下的，但李斯不直接寫老闆有錯，錯的都是旁邊的人亂講話，老闆永遠都是對的。

然後李斯開始講古：「昔穆公求士，西取由余於戎，東得百里奚於宛，迎蹇叔於宋，來邳豹、公孫支於晉。此五子者，不產於秦，而穆公用之，並國二十，遂霸西戎。孝公用商鞅之法，移風易俗，民以殷盛，國以富強，百姓樂用，諸侯親服，獲楚、魏之師，舉地千里，至今治強。惠王用張儀之計，拔三川之地，西並巴、蜀，北收上郡，南取漢中，包九夷，制鄢、郢，東據成皋之險，割膏腴之壤，遂散六國之從，使之西面事秦，功施到今。昭王得范雎，廢穰侯，逐華陽，強公室，杜私門，蠶食諸侯，使秦成帝業。此四君者，皆以客之功。」

翻譯：秦國之所以強大，都是因為以前重用外國人的關係，像商鞅、張儀、范雎這些人雖然都不是秦國人，但都有非常大的貢獻啊！

李斯做了一個小結論：「由此觀之，客何負於秦哉！向使四君卻客而不內，疏士而不用，是使國無富利之實，而秦無強大之名也。」

翻譯：以上這些國君都因為任用外國人才而有顯著的功績，由此觀察，這些外國人哪有什麼對不起秦國的地方呢？假如這四位國君拒絕、不接納國際人才而不重用的話，秦國就不會富足，也不會有強大的威名了。

再來李斯說秦王自己都不用made in 秦國的東西，喜歡用外國貨。「今陛下致崑山之玉，有隨和之寶，垂明月之珠，服太阿之劍，乘纖離之馬，建翠鳳之旗，樹靈鼉之鼓；此數寶者，秦不生一焉，而陛下說之，何也……（略）快意當前，適觀而已矣。」

翻譯：如今陛下您收藏了緬甸的翠玉、南非的鑽石，穿的是Giorgio Armani的西裝，用來簽名的是德國萬寶龍的名筆，坐的是德國的賓士車……這些貴重的東西沒有一樣是本國出產的，可是，陛下卻很喜歡它們，為什麼呢？如果一定要國產貨才能用，那麼愛馬仕的包包、Cartier的耳環、Gucci的外套、Chanel的晚禮服，全部不該進獻到您的面前，那些體態動人、來自俄羅斯的祕書也不會站在您的身邊了……而且BLACKPINK和Ed Sheeran都是異國的音樂，不就是因為快樂當前，適合欣賞罷了。

這邊李斯用了大量華麗辭藻，文字富有節奏，念起來很順口很像rap，所以又說〈諫逐客書〉被稱為「駢文之初祖，漢賦之先聲」。（這題會考，請畫線。）

最後李斯再來一句名言：「泰山不讓土壤，故能成其大；河海不擇細流，故能就其深；王者不卻眾庶，故能明其德。」

翻譯：泰山不捨棄任何小土壤，才能成就它的高大；河海不捨棄任何小水流，才能成就它的深廣；想要稱王天下的人，不拒絕眾民，才能顯揚他的盛德。

李斯在文章結尾，把高度和格局一下子拉大，並站在秦王的角度，以秦王最在意的統一大業進行考量和論說，讓對方知道：「若要統一，就不能逐客，要有國際人才才有競爭力！」（商周口吻）

後面的故事大家都知道了，秦王取消逐客令，並重用六國人才。李斯在六十歲那一年，助秦滅了六國，統一天下，秦王改稱秦始皇。所以說，這是一篇多麼好的非自願離職聲明啊，沒有不景氣，只有自己不爭氣！

看〈諫逐客書〉真的非常過癮，邏輯清楚，條理分明，對仗工整，文字華麗，運用了大量事實來論證逐客之害和納客之利。文字讀起來鏗鏘有力，以一種一言千鈞、力挽狂瀾的力量，呈現了高度的說理藝術，把秦王的臉打得啪啪作響卻又不冒犯。更能看出李斯的確是一位有才能，有手腕的政治家。

李斯這個人在歷史上非常有爭議，他是絕對的功利主義者，為了追求自己的目標，實現自身的人生價值，透過不斷的努力及算計，從一介布衣最終做到千古一相的位置，但是他並未善終，最後反被趙高陷害，腰斬於秦朝首都咸陽——那個他曾經認為是「最好的環境」的地方。

而他在臨刑前卻不是想著榮華富貴的生活，而是與兒子牽著大黃犬出門打獵的日常。

即使從布衣做到了最高位置的宰相又如何呢？我常想也許李斯一開始就錯了，他誤以為真正的快樂來自於名利，也因此總是抓著權力不放，才讓趙高有機可乘，抓住了弱點。權欲迷人眼，富貴終有期，一生信奉老鼠哲學的李斯，也終為他創造的大秦一同陪葬。

詞語百寶袋

一、東門黃犬：

秦朝的宰相李斯，因趙高誣以謀反罪名，臨刑腰斬時懊悔地告訴他的兒子：「我想與你牽著黃犬到東門外逐兔，哪裡有可能啊！」典出〈史記．卷八七．李斯傳〉。後用以比喻任官遭禍，抽身悔遲。

例句：在複雜的政治官場裡，東門黃犬的故事一再發生。

二、指鹿為馬：

趙高駕鹿跟隨著秦二世外出，秦王看見了就問說：「你為何騎著鹿呢？」趙高回答：「這是一匹馬。」秦王說：「你錯把鹿當成馬了。」趙高說：「皇上若不相信我所說的，可以問問其他人。」群臣中有人說是鹿，也有人說是馬。這時候秦王竟不相信自己所看到的事實，卻相信了奸臣的說法。後來這個故事被濃縮成「指鹿為馬」，用來比喻人刻意顛倒是非。

例句：媒體多的是顛倒黑白，指鹿為馬的報導，要當個聰明的閱聽人。

國學小常識

駢體文：駢體文是古代中國一種特有的文言文文體，講究句式、對偶，辭藻華麗，聲律和諧及多用典故。其文體醞釀於東漢，盛行於南北朝。多由四字或六字（四六句）及對仗構成，因為字句對偶整齊，像兩匹馬並行（駢字本意），故又稱四六文、駢儷或駢體。

第二章

力拔山兮氣蓋世——項羽的霸王夢

我很喜歡項羽，因為他有一種渾然天成的傲氣，彷彿生下來就是霸王。他年少時不喜歡認字和寫字，也不愛練劍術，為此，叔父項梁很生氣。項羽卻說：「書足以記名姓而已。劍一人敵，不足學，學萬人敵。」

翻譯：學習寫字不過是用來記住姓名，練劍呢，一次也只能對付一個人，要學就要學能夠對付萬人的。

又有一次，項羽和叔父看到秦始皇出巡，那浩浩蕩蕩的隊伍和排場，讓少年項羽非常嚮往，因而脫口而出：「彼可取而代之。」

翻譯：那個人，我可以取代他。

少年項羽從小就有和人不一樣的抱負和眼光，出身貴族，就像萬獸之王一樣，帶有貴族自視甚高的傲氣，他的身材也很高大，一百九十公分，力能扛鼎，才氣過人，又高又帥，英氣逼人。

項羽也不是嘴巴上說說而已，他真的就是天生的戰神！只要出手，幾乎全勝，沒有一場敗仗，尤其擅長以寡敵眾。他像一隻天降的神虎，誰也駕馭不了他。最有名的就是鉅鹿之戰，破釜沉舟以二萬人大敗章邯秦軍四十萬大軍，各諸侯都驚駭惶恐，趴在地上不敢看項羽一眼。這年，項羽才二十五歲。

司馬遷在《史記》裡描寫這場戰役，前後用不到兩百個字，行文節奏極快，讓人感覺到項羽行動神速，像一陣疾馳而過的風，後人都對史記這段鉅鹿之戰的敘述評價很高，明代茅坤還說：「鉅鹿之戰是項羽最得意之戰，也是太史公最得意之文。」——（我猜想司馬遷一定也跟我一樣，是項羽的腦粉吧。）

而劉邦就不一樣了。他就是個無賴痞子。

他出身平民，四十多歲了連老婆也娶不起，整日在鄉間白吃白喝，還跟寡婦調情，去參加聚會不給錢，為了自抬身價，還編造神話，到處宣稱自己是母親和一條龍交配所生的，直接給爸爸戴綠帽。

劉邦對爸爸也沒什麼感情，項羽有次抓到劉邦的爸爸，綁在板上，威脅如果不投降，就要把他爸爸做成肉羹，結果這個痞子回答說：「吾翁即若翁，必欲烹而翁，則幸分我一杯羹。」

翻譯：我爸就是你爸，你想煮了他，就分我一碗羹吧！

結果項羽無可奈何，只好把他老爸放了。

彭城之戰劉邦被項羽追殺，嫌自己的馬車太重跑得太慢，竟然把親生兒女踢下馬車，減輕載重，這才逃過一劫。請問天下有幾個這樣的父親，為了自己保命，可以毫不猶豫犧牲子女？

劉邦常常被項羽打得落荒而逃，但他總是有本事東山再起，不過五年的時間，項羽就由勝轉敗，最後被這個無賴逼得在烏江邊自殺。

鴻門宴

很多人說鴻門宴是一場關鍵，當年要是項羽在鴻門宴聽從范增的意見殺了劉邦，歷史可能就扭轉了，但因為項羽的優柔寡斷，沒有下定決心誅殺劉邦，才導致了後來的敗亡。

但身為項羽腦粉的我，覺得項羽當初沒在鴻門宴下手，並不是因為優柔寡斷及婦人之仁，而是當時沒有一個正當的理由能夠殺劉邦。項羽畢竟是舊時代的貴族出身，一方面他想的是一統天下，殺掉劉邦對當時的情況並無助益，另一方面則是因為項羽遵循貴族的價值觀——不殺害投誠的敗者，這是身為西楚霸王的氣度及原則。

再加上那時的劉邦已經五十歲了，大了項羽幾乎兩倍的年紀。古代的五十歲大概就是個糟老頭，不能說一隻腳踏進棺材，而是整個人都要躺進去了吧！年輕氣盛的項羽怎麼會把他放在眼裡？

當時劉邦展現出全面臣服的低姿態，兩人都很清楚對方的意圖及局勢，而且劉邦也斷定項羽不會殺他。

項羽在鴻門宴一開始時，就供出曹無傷出賣了劉邦，也就是說，今天不是我想殺你，是有人來跟我說，你有背叛的心。如果項羽真有心要殺劉邦，絕不可能將自己的間諜供出來，此時項羽竟然將曹無傷推出來，那就表明了要曹無傷做代罪羔羊，要將這件事推到曹無傷身上，自己並沒有要殺劉邦的意思。

整場鴻門宴裡頭，搞不清狀況的，反而是范增。

司馬遷筆下的鴻門宴非常精采，情節緊湊，每個人物的個性都很生動。有對話有動作，就像一部精采的電影在你眼前上映。

范增數目項王，舉所佩玉玦以示之者三，項王默然不應。范增起，出召項莊，謂曰：「君王為人不忍。若入前為壽，壽畢，請以劍舞，因擊沛公于坐，殺之。不者，若屬皆且為所虜。」

范增好幾次舉起玉佩暗示項羽，但項羽看了卻默然不應，並不是優柔寡不做決定，而是早已下定決心在這個場合不適合殺劉邦，所以不應。范增一急，就找項莊進來舞劍，項伯也趕緊以劍舞回擊，保護劉邦。

後來樊噲趕緊衝來救駕，仔細看這一段司馬遷的描述，你會發現項羽是真的沒有心要殺劉邦，首先項羽賞賜給怒氣沖沖的樊噲一杯酒和豬肩膀，似乎試圖安撫他：「你乖，這沒你的事。」

樊噲喝了酒吃了肉後，說了以下一番話。

樊噲曰：「臣死且不避，卮酒安足辭！夫秦王有虎狼之心，殺人如不能舉，刑人如恐不勝，天下皆叛之。懷王與諸將約曰：『先破秦入咸陽者王之。』今沛公先破秦入咸陽，毫毛不敢有所近，封閉宮室，還軍霸上，以待大王來。故遣將守關者，備他盜出入與非常也。勞苦而功高如此，未有封侯之賞，而聽細說，欲誅有功之人。此亡秦之續耳，竊為大王不取也！」項王未有以應，曰：「坐。」樊噲從良坐。

翻譯：大意就是說，你殺啊！你可以像秦王有虎狼一樣的心腸，殺盡天下人，但你看看他後來怎麼樣了？你自己好好想一想。

項羽看樊噲這樣冒犯的舉動也沒生氣，仍舊沒有回應，只叫他坐下，但實際上，項羽早就決定不殺劉邦，這個決定放在當時看不一定是錯誤的，鴻門宴後，劉邦讓出關中的統治權給項羽，項羽獲利最大，並為後來幾個月後分封諸侯創造和平條件。

我認為項羽最大的敗筆，並不是在鴻門宴放走劉邦，而是項羽放棄在關中建都，又在咸陽火燒秦王宮，殺了沒有罪的秦王子嬰、屠戮了關中二十萬子弟，弄得整個關中子弟都非常恨他。

最後項羽想要功成名就榮歸故鄉，因此回到了故鄉彭城建都，放棄了經濟及建設都比較完善的關中。

美國商業大亨川普集團的董事長唐納．川普在房地產界有一句知無不曉的名言：「Location! Location! Location! 」點出值得投資的房地產最重要的條件除了地點，還是地點。建首都當然也一樣，地點最重要。項羽建都在彭城，埋下日後被漢軍截斷補給及三面圍城的危機。

劉邦據有漢中、蜀中，很輕易可以取下關中這個重要的地理戰略位置。

當時劉邦採用韓信的計策，暗地裡由陳倉出兵攻打雍王章邯，進而平定三秦，取得關中。而關中的子弟兵也齊心作戰，決心要報復項羽，於是劉邦能一舉成功，立於不敗之地。

霸王別姬

劉邦背信了楚漢和約，反過來追擊項羽，又在韓信和彭越的合力圍攻下，把項羽困在垓下。

此時四方的漢軍唱起了楚歌，旋律哀淒不絕。讓項羽自覺氣數已盡，走到最後的末路，項羽高聲唱：「力拔山兮氣蓋世。時不利兮騅不逝。騅不逝兮可奈何！虞兮虞兮奈若何！」

翻譯：力量可以拔起大山，豪氣世上無人可比。可是這時代對我不利，我的烏騅馬再也跑不起來了。烏騅馬不前進我能怎麼辦？虞姬啊虞姬，我可把妳怎麼辦呢？

那句虞兮虞兮奈若何，讓人心痛。我曾是殺遍鉅鹿的英雄豪傑，如今落得這般下場。心愛的虞姬啊，我已經沒有回頭路了，我又不忍妳被漢軍俘虜羞辱，我該怎麼辦呢？

《史記》對於霸王別姬這段並未多作描寫，但卻流傳了一首詩，相傳是當時虞姬所唱和：「漢兵已略地，四方楚歌聲。大王意氣盡，賤妾何聊生。」

虞姬為項羽舞了一段之後，拔起了項羽的劍自刎身亡。

虞姬不願成為項羽的負擔，也不願落入漢軍手裡，能死在項羽的懷抱中，是虞姬所能為項羽做的最後一件事，對虞姬而言或許也是最美的結局。

非戰之罪

此後項羽了無牽掛，為了保全自己戰神的自尊，他躍上馬背，連夜帶著八百名騎兵突圍而去，他對隨從說：「我起兵到現在從沒吃過敗仗，現在困在這裡，是天要亡我，不是我不會打仗。既然要決一死戰，那麼我就為各位戰個痛快，令諸君知道是天亡我，非戰之罪也。」

於是項羽殺了上百人，一路殺到烏江。烏江有個亭長，把船撐了過來，他對項羽說：「江東雖小，但也夠您稱王了，大王趕快渡河吧。」

項羽笑著說：「天要亡我，我還渡河？當初我和江東子弟八千人渡江而來，現在沒有人生還，縱使江東父老可憐我，我又有什麼臉見他們呢？」於是項羽將愛馬送給亭長，讓他載馬渡河，然後項羽徒步和追來的漢軍搏鬥，又殺了數百人。

最後，項羽看見漢軍當中有個叫做呂馬童的朋友，便說：「我聽說漢王用千金和封地萬戶來買我這顆人頭，我就送你吧！」然後便自刎而死。

為了搶奪項羽遺體，漢軍一擁而上，自相殘殺的有數十人。而搶到項羽身體一部分的人，也都封了侯。一代英雄，最後的結局竟是被漢軍分屍，什麼也沒留下了。

史記作者司馬遷對項羽是又愛又恨，愛的是他的勇及軍事天才，恨的是他的暴，只靠武力圖謀天下，並隨意殘殺。

但司馬遷為了項羽，卻做了一個很大膽的突破，原本只有帝王才會列入「本紀」，一般人只會放在「列傳」裡，但是司馬遷不以成敗論英雄，也將項羽納入本紀，認為項羽足以當帝王，也可見司馬遷對他的評價之高了。

生當作人傑，死亦為鬼雄。
至今思項羽，不肯過江東。
——宋・李清照

詞語百寶袋

一、破釜沉舟：

打破鍋釜又鑿沉船，讓自己沒有退路，以求戰爭勝利。出自於司馬遷〈史記．卷七．項羽本紀〉。後用「破釜沉舟」比喻不惜切斷自己的退路，以求努力獲得最好的成果。

例句：只要有破釜沉舟的決心，相信什麼困難都能解決。

二、所向披靡：

風吹到的地方，草木立即伏倒。比喻力量所到之處，敵人紛紛潰敗逃散。出自於〈史記．卷七．項羽本紀〉。

例句：這支軍隊訓練有素，南征北討，所向披靡。

三、暗度陳倉：

漢高祖劉邦聽從韓信建議，表面上公開派人修築棧道，暗中卻由陳倉出兵，進而平定三秦。比喻出其不意、從旁突擊的戰略。典出〈史記・卷八・高祖本紀〉。後用「暗度陳倉」比喻暗中進行的活動，亦用於比喻男女私通。

例句：他表面和對手交好，實際卻暗度陳倉，和對手的合作公司聯絡，終於成功地簽下合約，解除了公司的危機。

國學小常識

史記：《史記》又稱《太史公書》，由司馬遷所撰，是中國第一本紀傳體通史，分本紀、表、書、世家、列傳五部分。

「本紀」是全書的提綱，按編年記載歷代帝王的興衰和重大歷史事件。

「表」以年表形式，按年月先後的順序，記載重要的歷史大事。

「書」記載各種典章制度的演變，以及天文曆法等。

「世家」記載自周以來開國傳世的諸侯，以及有特殊地位的人物事蹟。

「列傳」記載社會各階層代表人物的事蹟，其中有著名的思想家、政治家、軍事家、文學家等及循吏，儒林、酷吏、遊俠、刺客、名醫、日者、龜策、商人的傳記。

參考書籍：

《史記會注考證》（第一冊）西漢司馬遷（上海：上海古籍出版社，二〇一五年四月）

《史記註譯解》西漢司馬遷撰，北戴河編輯群注：（北戴河出版，二〇一六年十月）

《關中對楚漢之爭成敗影響》，徐進興（國立臺灣師範大學歷史研究所，一九九一年）

第三章

陶淵明的腰有多硬？揭開五斗米的薪資秘密！

大家印象中的陶淵明非常貧苦。但其實他的家世背景非常雄厚，陶淵明的曾祖父是晉朝名將「陶侃」，還被尊稱為陶公。

陶侃多厲害呢？雖然出身寒門，卻靠著平定許多戰亂一直升官，最後當上太尉，兼都督八州軍事並任荊江兩州刺史，手握重兵，大概就是現今的國防部部長。

據《晉書》記載，陶侃「媵妾數十，家僮千餘，奇巧寶貨，富於天府。」有妾有奴僕有珠寶，根本就超有錢的啊！但到了陶淵明這一代，因為陶侃後繼無人，又被政敵庾亮清算，所以家產也差不多都沒了。

不過憑著陶氏家族的餘燼，還是能幫陶淵明找到一些不錯的官位。《晉書》記載：「以親老家貧，起為州祭酒。」陶淵明一當官就有類似於縣市教育局局長的要職。但是陶淵明不喜歡，他說：「不堪吏職，少日自解歸。」工作實在太累了，上班幾天就自己辭職了。

後來還有幾次不錯的工作機會，也都隨便做做就不做了。放到現在來看，就是個草莓族、躺平族。最後真的窮到不行了，就跑去問叔叔：「聊欲弦歌，以為三徑之資可乎？」有沒有那種不太累，能讓我每天喝喝酒唱唱歌的工作？叔叔馬上幫他走後門弄到一個小官，於是陶淵明成了彭澤縣令。

本以為這樣就天下太平，做個地方小官不太累，應該不會隨便辭職吧！結果上班沒幾天，長官要來視察，旁人勸他見長官時候要穿正式一點（可能平常都穿吊嘎跟拖鞋辦公），陶淵明就爆氣了，說出了那句名言：「吾不能為五斗米折腰，拳拳事鄉里小人邪！」意思是，他沒辦法只為了這一丁點的薪水，對這些粗鄙的小人鞠躬哈腰，便又辭職了。

看到這邊，各位的拳頭是不是有點硬硬der？你陶淵明的腰到底是有多硬？要給你多少錢才會掰彎？好啊既然你嫌五斗米少，我們就來看看五斗米折合臺

五斗米折合臺幣多少錢

以下引用數感實驗室 Numeracy Lab的資料：

陶淵明所處的時代為東晉，當時的俸祿為「半錢半穀制」，也就是薪水當中有一半是錢財，另一半則是米糧。以陶淵明所任的縣令來看，俸祿為「月錢二千五百，米十五斛」。若單純只看米的部分，一個月可拿到十五斛，相當於一百五十斗。換算下來一天就是五斗米。

啊！原來陶淵明不甘願折腰的五斗米指的是他的日薪。但陶淵明你不是打零工的耶！當到地方父母官了，至少要用月薪的角度來衡量自己的薪水吧！

我們假設兩千五百銀兩跟十五斛的米價值相等，把俸祿銀兩全換成米來計算，那麼陶淵明相當於一個月領有三百斗米。據載，魏晉南北朝一升相當於二零四點五毫升。三百斗又等於三千升，也就是說總共有六十一萬三千五百毫升的米。

因為無法追溯朝廷配給官員的米種，此處我們暫時以臺灣米飯中最常見的粳米（蓬萊米）來估算。根據美國農業部公告，粳米的密度為零點八五公克／毫升。於是，我們可以推算出，陶淵明一個月相當於領到六十一萬三千五百毫升乘以零點八五公克／毫升，等於五十二萬一千四百七十五公克的米。

以一公斤可以煮十三點五碗飯來計算，陶淵明正常一天吃三碗飯，一個月的薪水相當於足夠供應他六年半的米。月薪可以屯六年半的糧食，陶淵明真的不考慮忍氣吞聲點嗎？

陶淵明的薪水來自經濟作物，可能因為物價波動時高時低，讓人好奇，這麼多的米到底值多少錢呢？對照農糧署於二〇二二年九月公布粳米的價格為每公斤四十五點四六元，得出陶淵明的月薪價值相當二萬三千七百零六元。

但跟中國古代相比，現代的農業技術更為發達進步，再加上科技的推動，讓農業收穫成本大幅降低。所以現在的米價應該比古代來得便宜許多，只是我們難以考證當中的比例。若粗略地把米價放大八至十倍，那麼陶淵明的月薪應該是十八萬至二十萬，跟當今的縣（市）長就相當接近了。

天啊，一個月近二十萬耶，不要是說折腰了，我還能劈腿呢！陶淵明你咖骨就不能軟Q一點嗎？你的五個廢柴兒子還要補習呢！

采菊東籬下，悠然見南山

其實從陶淵明三次做官又三次辭官和他寫的詩，可以清楚看出，他一直在是否做官的問題上掙扎。陶淵明的家世赫赫有名，照道理說，做官是最好也最自然的選擇。有豐厚的俸祿，也有亮麗的人脈。然而，在東晉末年的環境下，戰亂不斷，想要能安穩地做官，不僅要有柔軟的身段，也要有機詐狡猾的心機，才能在複雜的官場上生存下來。

陶淵明並不喜歡（當然也不善於）混這個圈子，他更喜歡清靜，喝喝酒、寫寫詩、種種地、逗逗孩子，寫下「采菊東籬下，悠然見南山」這樣的文字時，便可以感受到一種真正來自他靈魂深處的自由與舒展。

所以與其說他拒絕了高官厚祿，當了草莓族、躺平族，倒不如說他追求的是心靈及精神層面的價值，蘇軾曾這樣評價陶淵明：「欲仕則仕，不以求之為嫌；欲隱則隱，不以去之為高。飢則扣門而乞食；飽則雞黍以迎客。古今賢之，貴其真也。」

翻譯：想要做官，那就去追求，不要因為追求仕途而感到不好意思；想要歸隱山林，那就去歸隱，也不要以為歸隱就顯得清高。饑餓就敲門乞討食物，飽了就殺雞宴請賓客。古今往來的閒人智者，他們的誠貴之處在於其本性率真。

陶淵明的可貴之處，就在於他的真，以及放得下和看得透，真正活出快樂。許多人一邊過著不喜歡的生活，一邊抱怨，又何嘗能真正地活著？

詞語百寶袋

一、不為五斗米折腰：

不願為微薄的俸祿卑躬屈膝地諂媚奉迎。語本〈晉書．卷九四．隱逸列傳．陶潛〉：「郡遣督郵至縣，吏白應束帶見之，潛歎曰：『吾不能為五斗米折腰，拳拳事鄉里小人邪！』」後比喻人品清高淡泊。

例句：他生性淡泊名利，不拘小節，從來不為五斗米折腰。

二、不求甚解：

讀書著重理解義理，而不過度鑽研字句上的解釋。晉．陶潛〈五柳先生傳〉。後亦用「不求甚解」形容學習或工作的態度不認真，只求略懂皮毛而不深入理解。

例句：他對學問不求甚解，雖然頭腦聰明，反應快，但總是出差錯。

國學小常識

陶淵明為田園詩人之祖，在現存的一百二十多首陶詩中，描寫農村景色和鄉居生活的作品占有很大的分量。這類作品內容真實，感情深厚，形象明朗，善用白描手法表現樸素的自然美。最為人們所傳誦：〈歸園田居〉〈桃花源詩〉〈飲酒詩〉這些篇章都是有名的代表作。

第四章

白居易薪水有多少？讓哥來分享他的實際收入

很多人看到文章裡寫白居易養歌妓的大手筆，還一直換新，都會有個疑問，他是不是錢太多？根本就是少女團體始祖，大唐秋元康！

實際上晚年的白居易官做得夠高，薪水是真的蠻不錯的，他寫了好幾首關於自己擔任不同職務時期的薪資變化，月薪都不怕別人知道，超級坦蕩蕩。

起初少年白居易來到長安天龍國北漂，被人家嗆說你南部來的住不起，當時一位名士顧況，見到白居易的姓名時，就調侃他說：「米價方貴，居亦弗易。」結果白居易秀出他寫的詩句：「野火燒不盡，春風吹又生。」顧況一見大驚說：「道得箇語，居即易矣。」詩寫得這麼好，要住長安很容易啦！

白居易是努力型天才，二十九歲考中進士，是當時同榜進士中最年輕的一位（進士在當時非常難考，像孟郊考上的時候，已經是四十六歲。）此後就開始了他的官場奮鬥史。

一開始白居易擔任一個九品小官「校書郎」，那時候他的薪水大概是這樣的。

茅屋四五間，一馬二僕夫。
俸錢萬六千，月給亦有餘。

翻譯：月薪一萬六千元，配有茅屋四、五間，而且還有司機。

這待遇很不錯耶，而且根據記載，白居易一個月才去祕書省辦公上班兩次，我也想當「校書郎」啦！

那時的一萬六千折合臺幣大概多少呢？我用google不負責任地隨便查了一下，據成書於唐德宗時期的《因話錄》記載，一唐兩（三十七點三克）的黃金等於八千文錢，白居易的工資大概是一個月兩唐兩的黃金，折合成臺幣大約是每個月十三萬八千四百多元。

過了幾年，白居易升遷到「左拾遺」，他又在詩裡晒了薪水。

月慚諫紙二千張，歲愧俸錢三十萬。

翻譯：年薪三十萬，也就是月領二萬五千（約臺幣二十一萬五千元）。（算是有加薪啦！）

接著白居易當了翰林學士，並兼任戶曹參軍，這時候薪水就三級跳了！

俸錢四五萬，月可奉晨昏。

廩祿二百石，歲可盈倉囷。

翻譯：月薪四五萬（差不多臺幣四、五十萬），還可以領糧食。（有吃又有拿，也太開心！）

後來因為朝中迫害，被朝廷貶為江州司馬。司馬這個職位，原本是掌管一州的軍事，但中唐後各地的節度使全面掌握軍政，司馬這個職位變得有職無權，成為閒官。但是工資照發，有閒又有錢！

江州司馬這個官的薪水是這樣的：

歲廩數百石，月俸六七萬。

翻譯：不僅有糧食，還有月薪六七萬（差不多臺幣五、六十萬）。（難怪可以到處調戲琵琶女了！）

但最扯的應該是在後面，白居易晚年轉任「太子少傅」，他過得更滋潤了。

承華東署三分務，履道西池七過春。
歌酒優遊聊卒歲，園林瀟灑可終身。
留侯爵秩誠虛貴，疏受生涯未苦貧。
月奉百千官二品，朝廷僱我做閒人。

每天唱KTV喝酒，然後逛逛公園，就可以月領十萬（換算下來臺幣近百萬），官居二品，文末還直接說「朝廷僱我做閒人」，哥你這樣會不會太誠實？你要不要轉頭看看杜甫過得怎麼樣？

大唐請假王

實際上白居易也不是那麼喜歡上班，他也曾經工作倦怠，還寫詩〈晚歸早出〉發臉書抱怨！

〈晚歸早出〉白居易

筋力年年減，風光日日新。
退衙歸逼夜，拜表出侵晨。
何處臺無月，誰家池不春。
莫言無勝地，自是少閒人。
坐厭推囚案，行嫌引馬塵。
幾時辭府印，卻作自由身。

翻譯：哥的體力一天不如一天，但是外面的美景卻每天像新的一樣那麼美麗！我每天都工作到深夜，然後天才剛亮，就又要出門上班。哪裡的樓臺上沒有明月？誰家門口的池水不會迎來春天！不要說周圍沒旅遊勝地，只是大家都沒有時間可以去玩啦！我討厭自己跟個囚犯一樣一直處理文件！出差的時候馬匹揚起的灰塵也很煩！啥時候我白居易能財富自由，退休辭職成為自由身啊啊啊！（怨氣很重的一首詩）

白居易真的不太喜歡上班，後期還曾經一請假就請了一百天，請到最後直接被朝廷免職了。歷史記載短短十五年內，白居易因為請病假被免職的次數竟高達五次之多，堪稱請假王。

晚年白居易在洛陽退休後，又寫了一首詩名一樣的詩，不過內容和心境已經大不同啦！

〈早出晚歸〉白居易

早起或因攜酒出，晚歸多是看花回。

若拋風景長閒坐，自問東京作底來。

翻譯：哥起得早或許是因為要去和朋友們喝酒，回來得晚是因為賞花太開心，如果有空時不去走走看看風景，只在家閒坐，那為什麼來洛陽退休呢？

詩句中透露出白居易對於洛陽的喜愛，以及對於當時退休生活的滿意。

長安居，大不易

雖然不愛上班，但白居易一路官運還算順暢，薪水也不錯，但他到了五十歲才買得起長安的房子，大半時間都是租屋（曾經與好基友元稹同居過一段時間準備考試），可見長安的房價也是貴到靠北邊走啊！

既然談到長安，那麼就來聊聊當時長安的房價。當時的長安是世界上最大的國際大都市，繁榮的程度大概就如同現今的紐約。商貿往來發達、人口眾多，在長安可以看到各種外國人、奇珍異寶、藝術文化音樂高度發展，房價可想而知一定不便宜。

尤其土地大部分都是國家的，那些皇親國戚以及戰功彪炳的功臣都有賜宅，例如平定安史之亂最大功臣郭子儀將軍，他的府邸大得誇張，而且還占了長安最精華的「親仁坊」（就如同現今的臺北市的信義區）四分之一。「親仁坊」的占地面積二十五萬平方公尺，而郭子儀的住宅就多達六點七五萬平方公尺，相當於二萬多坪。

另外因為佛教興盛的關係，很多土地也被拿去蓋寺廟，讓當時的白居易感慨「漸恐人間盡為寺」。

普通商人、一般百姓、來考科舉的學子來到長安後，通常都是租房子住，或投靠親友，或寄宿在佛寺裡，很多官員工作一輩子也買不起房子，像韓愈在〈示兒〉一詩中寫道：「始我來京師，止攜一束書。辛勤三十年，以有此屋廬。」他都做到了吏部侍郎（相當於銓敘部次長）、國子監祭酒（臺大校長），還是要花上三十年才能在長安買房。

所以在任何時代，大城市買房都不容易，白居易後來也是買在洛陽，才得以實現退休住大宅的願望，也因為洛陽的房子夠大，就能養得起他的樂天女孩們啦！

詞語百寶袋

一、案牘勞形：

牘，音ㄉㄨˊ，案牘，指公事文書。「案牘勞形」形容因文書工作繁重而疲憊不堪。

例句：爸爸近來案牘勞形，整個人都瘦了一圈。

二、披星戴月：

形容早出晚歸、連夜趕路或工作備極勞累。語本唐．呂巖〈七言〉詩其四四。

例句：爸爸為了家人，每天披星戴月地工作著，好讓我們衣食無缺。

第五章

學霸蘇軾的高效學習術，八面受敵法

摩羯座給人的第一印象就是認真踏實、吃苦耐勞，還有點工作狂的感覺，因此很多人都訝異個性豪邁、灑脫的蘇軾竟然是摩羯座，但就我看來，他在讀書方面下的苦工，真的就是摩羯座特有的拚命性格。

大家都說蘇軾是天才，好像不需要努力就能輕輕鬆鬆寫出千古流傳的好文章。但實際上蘇軾跟白居易一樣是努力型的天才，他和李白不一樣，李白真的是另一個次元的天才，而蘇軾在做學問方面，卻比李白更有深厚的積累。

千年科舉第一榜

當年二十歲的蘇軾帶著弟弟進京趕考，主考官是歐陽脩，兄弟倆從遙遠的天府之國四川來應試。他們實力堅強，一出手就不得了，在考場上氣勢如虹，人擋殺人，佛擋殺佛，攜手一路衝進京師，聲名如日中天，大家聽到二蘇要來考試，都直接放棄不考。而剩下來應試的，都是人中之傑，也造就了輝煌如銀河般閃耀的進士榜。

嘉祐二年，蘇氏兄弟毫無懸念地考上進士。而同屆還有好幾位在歷史上閃閃發光的名字：

張載：寫出了「為天地立心，為生民立命，為往聖繼絕學，為萬世開太平」的千古佳句，是北宋時期一位重要的思想家，也是理學的奠基者之一。

程顥（音同號）：他和弟弟程頤皆為理學大師，世稱「二程」，程顥的老師是寫出《愛蓮說》「出淤泥而不染，濯清漣而不妖」的周敦頤。他們倆的學說影響了後來的朱熹，發展出了程朱理學。

曾鞏：唐宋八大家之一，散文寫得非常好，是歐陽脩的得意門生。

呂惠卿：協助王安石變法的重要人物，官居宰相。

章惇（音同敦）：新法重要人物，也是北宋重要政治家及宰相。是蘇軾重要的朋友，也是可怕的政敵。

神一般的主考官歐陽脩，在眾多糊名試卷中，將那個時代青年才俊全部挑了出來，而且一網打盡，這是多麼犀利的眼光。唐宋一共八大家，宋朝就強占了六個席位，還全部出自歐陽脩門下，可以說是千古伯樂。

這一屆科考，人才濟濟，星光熠熠，又被稱為「千年科舉第一榜」，而蘇軾在這一場科舉中，差點拿第一名！

為什麼說差點拿第一呢？因為歐陽脩原本要將蘇軾圈第一，但他以為這張卷是他學生曾鞏寫的，擔心被人說不公平，因此選為第二。哪知解封一看，作者竟然是蘇軾！

八面受敵法

來看看學霸蘇軾是怎麼讀書的。他有個很特別的讀書方法，命名為「八面受敵法」。這個讀書法，記載在蘇軾晚年寫給侄女婿王庠的一封書信裡〈又答王庠書〉。

王庠是一個喜歡讀書的少年天才，他曾經在十八歲的時候，發誓要把天下的書都讀遍。蘇軾很擔心，因為他認為王庠這個孩子有創意、有衝勁，但是沒有足夠的沉澱。於是當王庠來請教他怎麼讀書時，蘇軾便不藏私，一步步指導晚輩該怎麼用功。

第一是苦讀。蘇軾曾將一百卷的《漢書》手抄三遍，漢書總共有七十五萬字，手抄三遍等於兩百多萬字，這是何等毅力！（果然是我大摩羯！）

第二是有目的地讀。這個方法他命名為「八面受敵法」。蘇軾在〈又答王庠書〉說：「每一書皆作數過盡之。書富如入海，百貨皆有，人之精力，不能兼收盡取，但得其所欲求者爾。故願學者每次作一意求之。如欲求古今興亡治亂、聖賢作用，但作此意求之，勿生餘念。又別作一次，求事蹟故實典章文物之類，亦如之。他皆仿此。此雖迂鈍，而他日學成，八面受敵，與涉獵者不可同日而語也。甚非速化之術。」

八面，指的就是讀書各個方面的內容。

翻譯：這世上的書豐富得像進入大海一樣，各種各樣的內容都有，而人的精力是有限的，不可能全部讀完它們，只能選取自己所需要的東西罷了。因此在讀書時要確定一個目標，比如想探求古今國家的興衰存亡以及聖人賢人，就單獨從這方面去讀，不要管其他面向，以免分散精力。讀第二遍時，就換一個目的，譬如人物事蹟、歷史舊事、典制掌故等等。每次讀都可以仿效這種做法，鑽研一個重點，這樣就可以看到更多角度，真正將一套書讀透。

詩窮而後工

蘇軾之所以是蘇軾，背後是多少年的積累。他寫文擅長用典，真正做到他自己所說的：「博觀而約取，厚積而薄發。」

翻譯：做學問應該要多看書，並選擇其中重要的部分，累積豐富的學養而不急於表現。

宋神宗曾經問近臣：李白和蘇軾誰更好？但不等旁人說完，他自己就說：「還是子瞻更有學問。」

李白沒有蘇軾做學問的工夫，李白的天才是真天才，他的血液裡流著的就是浪漫，他的詩大開大闔，沒有限制，想寫什麼就寫什麼，而且從前沒人能像他那樣寫，以後也不會有。

那是大唐盛世和李白天才的雙重碰撞，金風玉露一相逢，人間絕無僅有。

蘇軾早期文章雖然不錯，但仍是傳統文人的寫作模式，是後來一連串的挑戰和經歷，才跳出了另外一層格局。例如蘇軾寫下〈赤壁賦〉的時候，正是遭逢烏臺詩案，被貶黃州。那時的他，從身體到心理遭受了有生以來最大的打擊，幾乎是死裡逃生。所以他的精神世界完完全全脫胎換骨，加上本身的個性曠達，一路走一路想一路進化，最後活出了我們所愛所膜拜的蘇東坡，前後赤壁賦、水調歌頭等，都是中後期的代表作。

蘇軾的老師歐陽脩曾說：「詩窮而後工。」也就是說，人要經歷過一番坎坷，磨練出人的意志，更能寫出好作品。

被貶到黃州的蘇軾，精神上已得到超然的解脫，他專注地寫自己的思想，寫自己的世界。一個人的官職可以被剝奪，政治上可以被打壓被抹黑。但蘇軾的精神世界與他的創作，卻永遠屬於他自己，誰都無法奪取與消滅。

元豐五年七月的一個夜晚，蘇軾與他的友人乘坐小舟賞月，寫下了著名的〈赤壁賦〉，這篇千古流傳的文章，向世人展現了他的態度。

〈赤壁賦〉是我非常喜愛的古文之一，當年高中老師在講臺上講課的時候，我在底下聽得非常激動，我不知道蘇軾在寫這篇文章的時候，內心是否也一樣充滿情緒，只是我每次讀它，就覺得蘇軾離我很近，他看的那輪明月，也彷彿在我眼前。

蘇軾說：「逝者如斯，而未嘗往也；盈虛者如彼，而卒莫消長也，蓋將自其變者而觀之，則天地曾不能以一瞬；自其不變者而觀之，則物與我皆無盡也，而又何羨乎？」

翻譯：江水與月亮不停消長循環，今天離開了，明天又回來。看起來像是消失了，實際上是永恆不變。端看你是從哪個角度去看，你可以當自己是永恆存在的，也可以當自己瞬間死去，天地和自己都是無窮無盡，還有什麼可以羨慕呢？

人生最重要的是，當你活著的時候，是否真真切切地活在當下，能不能夠看到眼前美麗的世界？

有的人只是活著，但卻未能感受到四季更迭、陰晴雨雪，總是計較人生的得失，名利及權勢，這世上的美景萬物，也無法進入他的內心，這樣的人又怎麼能感受到真正的快樂呢？

蘇軾說：「且夫天地之間，物各有主，苟非吾之所有，雖一毫而莫取。惟江上之清風，與山間之明月，耳得之而為聲，目遇之而成色，取之無禁，用之不竭。是造物者之無盡藏也，而吾與子之所共適。」

翻譯：天地之間，萬物都是造物主的，但是江上清風，山間美麗澄淨的明月，取之不盡，用之不竭，這世上萬物本來就非屬於你我，既然沒有得到，也就談不上失去，只要活著的時候，面對這樣的美景，能盡興開心就好。

人生在世，有那麼多的無奈及苦難，蘇軾說放下吧！這一切都會過去的，只要專注在眼前的那一輪明月就好。

我不確定自己的解讀是否和蘇軾一樣，但每次讀〈赤壁賦〉的時候，我總是會有不同的想法，也想起很多讓我快樂的瞬間，想起那一輪明月，我看過的明月也是蘇軾曾看過的，也許在那個當下，我與蘇軾的精神是共存的，就像他說的「物與我皆無盡」，我與他，也能穿越時空，成為彼此心靈上的朋友。

蘇軾打開了他的精神世界，向我們展示他經歷過痛苦之後的淬煉與昇華，這偉大的名篇，近千年後仍啟發許多人，感謝他留下作品，能夠透過文字與他交談，是我們後代粉絲最大的幸福。

大家都說蘇軾是個天才，信手拈來就是一篇篇奇文，但其實背後是苦讀三遍手抄三遍的功夫，還有顛沛流離的一生。誰都喜歡傳奇，但傳奇很少，就算是蘇軾，也都有寒窗苦讀、窮困潦倒的經歷，做對的事本來就很難，人生哪有捷徑啊！

詞語百寶袋

一、遺世獨立：

脫離俗世而獨自生存。宋．蘇軾〈赤壁賦〉：「飄飄乎如遺世獨立，羽化而登仙。」也作「遺世絕俗」。

例句：陶淵明隱居於田園間，寧願遺世獨立，也不願進入官場中。

二、如泣如訴：

像在哭泣，又像在訴說。比喻聲音淒楚哀怨。宋．蘇軾〈赤壁賦〉：「客有吹洞簫者，倚歌而和之，其聲嗚嗚然，如怨如慕，如泣如訴。」

例句：音樂會如泣如訴的大提琴聲，深深打動了我的心，陷入了回憶之中。

國學小常識

唐宋八大家：又稱唐宋古文八大家，是中國唐代韓愈、柳宗元和宋代歐陽脩、蘇洵、蘇軾、蘇轍、曾鞏、王安石八位散文家的合稱。

八大家中蘇家父子兄弟有三人，人稱「三蘇」，分別為蘇洵、蘇軾、蘇轍，又有「一門三學士」之譽。故可用「唐有韓柳，宋為歐陽、三蘇和曾王」概括。

歐陽脩、蘇軾、曾鞏和王安石四位，又稱古文宋四家。

明茅坤曾編有《唐宋八大家文鈔》一百四十四卷，唐宋古文八大家之名始著。

卷二

初戀愛情酸甘甜，自古以來誰都躲不過

第一章

初戀愛情酸甘甜，白居易〈長恨歌〉為她寫

白居易三十六歲時，依然單身。

三十六歲放到二十一世紀的現代，也是個結婚有點稍晚的年紀，何況是在當時。唐代的法令甚至還有男十五，女十三當婚的規定，而白居易三十六歲時已考上科舉，也有官職在身，而且在詩壇紅到發紫，一首〈長恨歌〉紅遍全亞洲，人人都在傳唱，這樣一位有才有黃金飯碗的大好青年，怎麼會一直單身呢？這實在太不正常了。

原來，他心裡始終藏著一個人，就像他的好基友元稹寫的那首〈離思〉一樣：「曾經滄海難為水，除卻巫山不是雲。」

若不是你，任誰都不可以。

白居易的初戀

時光倒回到二十年前，少年白居易在家鄉徐州符離，認識了小他四歲的鄰家女孩湘靈，湘靈活潑可愛，也很聰明，十五歲時，更是長得亭亭玉立。漸漸地白居易喜歡上了湘靈，他寫下了一首詩〈鄰女〉，講湘靈怎麼樣美麗像天仙，就像白天出現的嫦娥，以及旱地裡長出的白蓮花。

娉婷十五勝天仙，白日嫦娥旱地蓮。
何處閒教鸚鵡語，碧紗窗下繡牀前。

少年白居易教她讀書寫字，兩小無猜，朝夕不離，是彼此最好的朋友，這是一段非常美好也純粹的時光，在以後很長的歲月裡，白居易始終苦苦追尋與湘靈在一起的日子，也成了他心中永遠的白月光。

這段戀情維持了八年，二十七歲白居易離開家鄉，到長安考取功名，他想著，只要能功成名就，就要把湘靈娶回家。他日夜苦讀，念到嘴和舌頭都生瘡，手和肘都磨成繭，身心俱疲時，湘靈的身影是他唯一安慰。

他寫下三首詩，〈寄湘靈〉〈寒閨夜〉和〈長相思〉，每個字都訴說著思念之苦，想得而不能得的心情。

尤其是〈長相思〉寫著：

人言人有願，願至天必成。

願作遠方獸，步步比肩行。

願作深山木，枝枝連理生。

翻譯：大家都說只要誠心，老天爺就能完成人的願望。我願意與心愛的人相守到老，哪怕是做山林中的野獸，我也要與妳比肩而行；哪怕是林中木，我也願與妳枝枝相連。

終於在二十九歲白居易高中進士，他歡歡喜喜想回鄉娶湘靈為妻，但唐代門第觀念強烈，官宦之家若要結親，首選「五姓七望」。

什麼是「五姓七望」呢？就是隴西李氏、趙郡李氏、博陵崔氏、清河崔氏、范陽盧氏、滎陽鄭氏、太原王氏。其中李氏與崔氏各有兩個郡望。所以稱之為五姓七望，或五姓七族。世家大族在社會上享有崇高的威望和地位。在當時甚至有句傳得很廣的順口溜叫做：「崔家醜女不愁嫁，皇家公主嫁卻愁。」連皇帝的女兒都比不上士族的女兒，可見當時門第觀念有多重。

白居易雖然不是五大望族之列，但也是考上進士的官宦人家，而湘靈什麼也不是，只是普通的平民之女。在當時，為了自己的仕途，都會選擇一個高門貴族之女結婚，畢竟婚姻不同於戀愛，不是兩小無猜，說著玩就能走得長遠，現實一點來說，甚至是一種企業經營的概念。門當戶對的婚姻，是能壯大整個家族。像是元稹，為了自己的前途，拋棄了初戀表妹崔鶯鶯，改娶有富爸爸的千金韋叢。卻又出書《鶯鶯傳》把分手的責任推到女方身上，可說是渣男代表。也因此，白居易的母親便以身分不合適為由堅決反對！

好，一次不行，我就再求一次！白居易仍不死心，貞元二十年，白居易在長安作了校書郎。舉家遷至長安。他回家再次求母親允許和湘靈成婚，但母親仍然無情拒絕，並表示不要聽到白居易再次提起湘靈的名字，也不准再提起這門婚事。

唐代除了門第觀念非常重之外，孝道也是沉重的負擔，包括養親、服喪、葬親、祭祀都有法律規範，更別說母親的命令，更是一定要遵從，不然就是不孝。

白居易滿懷傷痛與湘靈訣別，寫下肝腸寸斷的〈潛別離〉：

不得哭，潛別離。不得語，暗相思。
兩心之外無人知。

翻譯：無法在人面前哭，也無法在人面前訴說，離別的話只能用淚眼傳遞，相思的淚只能在心底流淌。

湘靈在分手之際，也贈與白居易兩件信物：一面鏡子，與她親手縫製的繡花鞋。這兩件信物，後來白居易珍藏了一生。

此後白居易也無聲抗議，他不肯與別人結婚，只有藉著詩篇：〈冬至夜懷湘靈〉〈感秋寄遠〉〈寄遠〉寫出了對湘靈的思念。

也就是在此時，白居易寫下了千古流傳的〈長恨歌〉。

在天願作比翼鳥，在地願為連理枝。
天長地久有時盡，此恨綿綿無絕期。

〈長恨歌〉簡直就是之前寫給湘靈〈長相思〉的脫胎之作，從相思轉變為恨，那個恨是白居易心中的糾結，他恨自己的妥協，恨自己怎樣也無力改變，世間萬般情，唯有相思苦。

白居易藉著唐玄宗與楊貴妃的愛情故事，偷渡了自己的思念和煎熬：天長地久總有它的盡頭，但我無法與你廝守的悔恨，卻連綿不絕沒有期限。

這是一首註定要火紅的詩，從此以迅雷不及掩耳的姿態紅遍大江南北，每個人都在傳唱，紅到什麼程度呢？歌妓能背誦長恨歌，就能加錢；新羅、扶桑的商人們都將長恨歌的詩句小心抄寫在絹帛上，準備跨海帶回故鄉，以至於韓國及日本，到處都唱著白樂天的詩篇。白居易得到了空前絕後的名聲，橫掃大唐詩壇，然而只有他知道，這些都是虛名，埋藏在心中的苦情虐戀，在孝道和門第的壓力之下，終究是一場空。

白居易三十七歲時，母親以死相逼，白居易無奈只好娶了同事妹妹楊氏，但仍舊忘不了湘靈，他在〈夜雨〉寫著

我有所念人，隔在遠遠鄉。
我有所感事，結在深深腸。
鄉遠去不得，無日不瞻望。
腸深解不得，無夕不思量。

翻譯：我有深深思念的人，卻相隔在遠遠的他鄉。我有所感念的事情，深深的刻在心上。故鄉遙遠回不去，我沒有一天不遙望它。內心痛苦萬分卻無處化解，日日夜夜未曾停止思念。

白居易四十四歲時被貶至江州，在一次偶然機會裡，竟然遇見了四十歲的湘靈！少年離別老相逢，四十歲的湘靈，心中一直常駐著她的樂天哥哥，依然獨身未婚。但此時君有婦，湘靈也「君掃青蛾減舊容」，不再如以往青春美

麗，怎麼敢再續前緣？兩人就此永別，別時茫茫江浸月，這一別，此生就再不復相見了。

白居易寫了〈琵琶行〉，在潯陽江頭的船上哭到青衫全濕透，傷心至極。「同是天涯淪落人，相逢何必曾相識。」

白居易晚年蓄養了許多年輕的歌姬，年紀約莫在十五歲至十八歲。有學者分析，這是因為初戀傷痛而產生的補償心理，我想著白居易或許想從那些年輕的歌姬上，找尋湘靈的影子吧？既然不是妳了，那麼是誰都可以。因為他初遇湘靈時，正是他倆最美好的年紀。人生若只如初見。

〈花非花〉

花非花，霧非霧。夜半來，天明去。
來如春夢不多時，去似朝雲無覓處。

詞語百寶袋

一、碧落黃泉：

碧落，天空。黃泉，地底下。碧落黃泉指從天上到地下。語本唐・白居易〈長恨歌〉：「上窮碧落下黃泉，兩處茫茫皆不見。」後用以形容上天下地，無所不包的範圍。

例句：對於逝去的親人無盡的思念，碧落黃泉，卻再也不能相見了。

二、虛無縹緲：

形容虛幻渺茫，不可捉摸。唐・白居易〈長恨歌〉：「忽聞海上有仙山，山在虛無縹緲間。」縹緲，音ㄆㄧㄠˇ ㄇㄧㄠˇ。

例句：人生在世難免風流雲散，虛無縹緲，很多事不需要計較太多。

國學小常識

敘事詩是中國詩歌的一種，以敘述歷史或當代人物事件為內容的詩歌，有完整的故事情節和人物形象。唐代，元稹和白居易等文人也開始大量創作敘事詩，與古代的民間敘事詩不同，屬於文人敘事詩。古典詩歌中著名的敘事詩有〈木蘭詩〉〈孔雀東南飛〉〈長歌行〉〈長恨歌〉〈琵琶行〉等。

第二章

白居易與他的樂天女孩們

跟兒子分享白居易的初戀故事，談到白居易因為忘記不了初戀湘靈，到了晚年就有補償心態，非常喜歡年輕美麗的歌妓少女。（好啦這可能是藉口。）

尤其白居易晚年官當得越來越大、錢也越來越多，生活自然就更加滋潤逍遙。就有史料記載，白居易在南方擔任刺史時，曾帶了十名年輕的妓女春遊，一群人浩浩蕩蕩地到處遊玩非常開心。

而他府中也蓄養了一批年輕歌妓，誇張的是，白居易的〈追歡偶作〉中寫道：「十載春啼變鶯舌，三嫌老醜換蛾眉。」意思就是白居易府中所養的歌妓每過三年就嫌她們老了、醜了，然後就再換一批年輕的、新鮮的進來，十年時間換了三次。

白居易還有首詩寫：「櫻桃樊素口，楊柳小蠻腰。」就是在講他最愛的兩個歌妓：樊素和小蠻。這兩個歌妓各有特色，唐代官員孟啟在〈本事詩．事感〉提到：「白尚書姬人樊素，善歌，妓人小蠻，善舞。」

樊素會唱歌，她開口歌唱時，那小嘴就像是一顆紅潤櫻桃一樣，也是現在櫻桃小嘴的由來；小蠻則是擅長跳舞，當她舞動身軀時，那纖柔的腰臀，就像是春風吹拂楊柳般的好看，現在稱讚美女身材姣好稱作「小蠻腰」，就是從小蠻跳舞而來的典故。

這些歌妓年紀都很輕，而且長相甜美，白居易還會親自指導他們唱歌跳舞。

兒子一聽，就拍手說：「哎唷，這不就是名副其實的樂天女孩嗎？」這樣想想也對耶！白居易字樂天，白樂天蓄養的年輕歌妓，當然就是樂天女孩！沒想到古代就有樂天女孩，我們現代的樂天女孩還差得遠啦！

日本樂天名稱的由來

現代的樂天女孩，是臺灣中華職棒樂天桃猿專屬啦啦隊。為什麼叫做樂天呢？最早時候，樂天桃猿的名稱原為Lamigo桃猿，後來轉賣給日本樂天株式會社，球隊就更名為樂天桃猿，所以原本的啦啦隊也由LamiGirls改為樂天女孩。也就是說這個「樂天」的名字是來自於日本的樂天株式會社。

但日本為什麼也會有樂天這一詞呢？其實也是來自於白居易。

在盛唐時期，唐朝的文化、制度、禮儀等皆被四方國家爭相仿效，尤其當時的日本更實行「大化革新」，以大唐盛世為楷模，改革日本政治經濟，從各方面包括語言、文字等，學習盛唐的文化和精神。

於是唐詩也成為日本人的最愛。但日本人最喜歡的詩人，不是李白、也不是杜甫，而是白居易！所有來唐的日本留學生，幾乎都是白居易腦粉，白居易還在世時，他的詩集便藉由這些留學生流傳至日本，讓日本人為之瘋狂。

日本人有多愛白居易呢？上至天皇，下至平民百姓都對他狂熱崇拜，尤其平安時代的嵯峨天皇，不僅多次反覆抄寫及背誦白居易詩，還在日本宮廷設置了《白氏文集》的侍讀官，並讓白樂天的詩成為了天皇的必學科目，甚至還會抽考臣子對白居易的詩熟不熟。

其他像是諸如醍醐天皇、村上天皇等也是白居易的忠實粉絲，醍醐天皇更是熱情表白：「平生所愛，白氏文集七十卷是也。」

除了天皇之外，平安時代還有一位著名的文人也是白居易腦粉，那就是大名鼎鼎的日本小說鼻祖女神：紫式部。

紫式部最有名的代表作就是《源氏物語》。而整部《源氏物語》引用白居易的詩多達一百五十四處之多，像是小說中的桐壺天皇思念他的心上人桐壺更衣時，就常吟〈長恨歌〉之「在天願作比翼鳥，在地願為連理枝。」而書中主角光源氏在遭遇到流放厄運時，也反覆吟誦著白居易的「兩千里外故人心」，不知不覺淚如雨下……

同樣在民間也非常推崇白居易，百姓們還會組織白樂天詩社，專門研究白居易的詩，日本詩人競相引用和模仿白居易詩句，有些詩人直接從白詩中摘取詩句譯成日文作為自己的詩名。在平安時代末期，日本還出現了白居易為文殊菩薩化身的傳說。

日本人：「白居易我大神！」

平安時代由文人大江維時編輯的《千載佳句》（類似現在的唐詩三百首），共收錄詩作一千八百一十二首，白居易一人的作品即占了五百零七首（其次為元稹，六十五首）可說是最受歡迎詩人排行榜一番賞。順便一提，杜甫只有收錄六首，李白更慘，只有兩首。

這本《千載佳句》不遺餘力推廣白樂天的詩，影響甚遠。另外還有一本詩集《和漢朗詠集》中，共收錄五百八十九首詩，其中白居易的詩也高達一百三十七首之多。

即使在近代，白居易在日本的影響力也絲毫沒有減弱。作家川端康成在諾貝爾文學獎獲獎詞中曾用「雪月花」來概括日本文學的傳統美。而這濃縮了日本人獨特審美情調的「雪月花」，也正是出自白居易的〈寄殷協律〉：「琴詩酒伴皆抛我，雪月花時最憶君。」白居易在當時地位可以說是國際巨星，放到現代來看，等級應該如同Michael Jackson吧！

白居易本人是否知道他在日本這麼受歡迎呢？還真的知道，但他本人比較淡然，只在《白氏文集》寫過短短一句話形容這件事：「其日本、新羅諸國及兩京人家傳寫者。」意思是：「我的詩在日本、韓國有人看。」畢竟白居易的地位不是一般人，而當時的日本也不是現在的日本。

是說來到現代的話，白居易可以考慮辦個樂天女孩感謝祭啦！

詞語百寶袋

一、櫻桃小口：

形容女子的嘴脣小巧而紅潤，如同櫻桃一般。出自〈舊唐書．白居易傳〉，有詩云：櫻桃樊素口，楊柳小蠻腰。

例句：她有白皙的肌膚及櫻桃小口的姣好面容，讓人一眼難忘。

國學小常識

白居易：字樂天，晚號香山居士、醉吟先生，唐代文學家，擅長寫詩，是中唐最具代表性的詩人之一。作品平易近人、通俗易懂，乃至於有「老嫗能解」的說法。白居易與元稹齊名，號「元白」，元白兩人是文學革新運動的夥伴，分別作有《元氏長慶集》與《白氏長慶集》，稱為長慶體，又稱元和體。晚年白居易又與劉禹錫唱和甚多，人稱為「劉白」。

第三章

單身狗歐陽脩，沒人陪我看花燈

正月十五是「元宵節」，古代又叫「上元節」「元夕節」「元夜節」。為什麼叫做上元節呢？因為正月十五是新年中的第一次月圓之夜，也是道教極為重視的節日。道教把正月十五稱為「上元」，七月十五稱為「中元」，十月十五稱為「下元」，合稱「三元」。這三元也是三官大帝的生日，三官分別是：天官堯、地官舜、水官禹，其生日分別是：上元節（元宵）、中元節、下元節。

元宵節的由來

在隋唐以前，元宵節的張燈活動主要是供皇帝及後宮觀賞，時間不固定，節俗也不固定，並沒有形成固定的節日。

我們今天能開開心心地過上元宵節，而且還由政府出資辦理各項活動，得感謝傳說中的那位暴君——隋煬帝楊廣。他是第一位拿出國家財產來舉辦元宵節慶活動炫富的那個男人。

楊廣一當上皇帝就染上了大頭症，他為了宣揚國威，開始進行一連串浪費鋪張的行為：洛陽都市更新、挖運河、打高句麗……等，極盡奢侈之能事，元宵節這麼好玩的節日，他當然也不會放過。

西元六一〇年正月十五日元宵節，史上首次由國家最高領袖領導的「國家元宵燈會」，在洛陽盛大開場，史稱「端門燈火」（端門是洛陽皇城的城門）。

這場燈會的幅員廣大，絕對不只是小巨蛋等級，而是幾乎將整個城市都包下來。根據《資治通鑑》記載：「戲場周圍五千步，執絲竹者萬八千人，聲聞數十里，自昏至旦，燈火光燭天地，終月而罷，所費巨萬，自是歲以為常。」

意思是說，這個場地周長五千步，隋唐時的長度單位「一步」約等於一百四十八公分，算起來是一個周長達七點四公里的露天廣場，差不多等於一個半的東京迪士尼。

這麼大型的廣場，參與燈會的樂師就有一萬多人，樂聲傳播數十里，是真的數十里，不是誇飾法！從早到晚，燈火燭光都不停歇，一直鬧了整整一個月才停止。因為這次的活動實在太成功了，從此就決定年年比照辦理。我們臺北市的燈會要是被楊廣看到了，大概會被嫌弱爆了吧，一比之下根本就是國中生的畢業營火晚會啊。

宋代的元宵節

元宵節到了宋代，更是發展成最熱鬧的市井狂歡節，政府同樣也出資贊助各項活動，例如煙火和燈會，並且從放假三天延長至五天，《東京夢華錄》就記載：「燈宵月夕，雪際花時，乞巧登高，教池游苑。舉目則青樓畫閣，繡戶珠簾，雕車競駐於天街，寶馬爭馳於御路，金翠耀目，羅綺飄香。新聲巧笑於柳陌花衢，按管調弦於茶坊酒肆。」

白天在街上馳馬，晚上女孩打扮得漂漂亮亮出來賞夜燈，聽著音樂在酒樓茶館談笑，這就是元宵節必備活動。因此在這個時候非常適合情侶見面約會、宅宅約妹看花燈，互通相思之情（就有點像是聖誕節一定要去新北耶誕城那樣）

《夢粱錄》也記載了：「公子王孫，五陵年少，更以紗籠喝道，帶佳人美女，遍地遊賞。」

宋代已經沒有宵禁，到了元宵節更是夜遊的狂歡日，這期間少男少女都會認真打扮一番，希望在燈會能夠邂逅一段美好的戀情。

辛棄疾的〈青玉案〉就描寫了上元夜的熱鬧景色：

東風夜放花千樹，更吹落、星如雨。
寶馬雕車香滿路，鳳簫聲動，玉壺光轉，一夜魚龍舞。
蛾兒雪柳黃金縷，笑語盈盈暗香去。
眾裡尋他千百度；驀然回首，那人卻在，燈火闌珊處。

多麼浪漫，在美麗的燈會中，無數的人群裡，遇見了百分百的你。然而像歐陽脩這種人生勝利組，竟然約不到妹看花燈？他寫過一闕詞是這樣的：（也有一說是南宋女詞人朱淑真所作）

去年元夜時，花市燈如晝，月上柳稍頭，人約黃昏後。
今年元夜時，月與燈依舊，不見去年人，淚濕春衫袖。

——歐陽脩〈生查子〉

翻譯：去年元宵節，花市上燈光明亮如同白晝。與女朋友相約在月上柳梢頭之時、黃昏之後。今年元宵夜，月光與燈光明亮依舊。可是卻見不到去年之佳人，相思之淚沾透了那身春衫的衣袖。

歐陽脩根本就是宋代的喬治．麥可，這闕詞也是宋代版的Last Christmas吧！

是說雖然元宵節是這麼浪漫的節日，也是有人不解風情。

有一年元宵節，司馬光的夫人想要出外看燈會，司馬光問：「家中點燈，何必出看？」

夫人回答：「兼欲看游人。」（想要看遊客）

司馬光反問：「我難道是鬼嗎？」

鋼鐵直男司馬光似乎不明白，結了婚之後，誰還會想在家中看老公啊！總之夫人想要外出賞帥哥的心情我完全能了解啦！

國學小常識

關於節慶及季節的相關代表物：

季節	節慶與相關詞語	代表物
夏	端午節：端陽、屈原、汨羅、龍舟、粽子、香包、菖蒲、艾草、雄黃、詩人節	植物：荷花（蓮花、芙蓉、芙蕖、菡萏、芰荷）、菖蒲、艾草、石榴、茉莉、梔子花、竹、枇杷、稻花、麥浪 風：南風、凱風、薰風 生物：蛙、蟬（知了、蜩螗）、螢

季節	節慶與相關詞語	代表物
春	元日（元旦）：爆竹、酴酥（屠蘇）元旦酒、桃符春聯 上元（元宵節）：春燈、火樹銀花、星橋鐵索開、魚龍花燈舞、紫姑神 上巳節（三月三）：曲水流觴、修禊 寒食節（與清明節一起過）：介之推、禁火、掃墓、祭祖	植物：百花、桃花、李花、杏花、梨花、楊柳、櫻花、薔薇、杜鵑、鈴蘭、香草、木棉花 風：東風、穀風、谷風、惠風、和風、暄風、柔風、楊柳風 生物：黃鶯、黃鸝、燕、蠶、杜鵑（杜宇、望帝、子規、謝豹、鶗鴂）、蜂蝶、鷗鷺

季節	節慶與相關詞語	代表物
秋	七夕：七巧、乞巧、牛郎織女、鵲橋、銀漢、銀河 中元節：鬼、普度、賑孤、搶孤、盂蘭盆會、目連救母 中秋節：玉盤、蟾宮、銀蟾光滿、清寒、嫦娥、廣寒宮、吳剛伐桂、玉兔、桂魄 重陽節：登高、茱萸、菊花酒	植物：菊花、黃花、桂花、楓葉、紅葉、黃葉、梧桐（桐葉）、茱萸、蘆荻、白蘋、紅蓼、柚 風：西風、金風、商風、悲風、泰風、素風、滶風 生物：雁、殘螢、寒蟬、寒蛩（促織）

季節	節慶與相關詞語	代表物
冬	下元節：消災日、謝平安日、下元水官節 尾牙：刈包 冬至：冬節、亞歲、湯圓、賀冬 臘八日：臘八粥、佛成道日 除夕：除夜、歲除、辭歲、圍爐	植物：梅、松、柏、橘橙、水仙、聖誕紅、蘭花 風：北風、朔風、寒風

參考書籍：孟元老，張臨生撰，繁華之城《東京夢華錄》（網路與書出版，二〇一一年一月）

第四章

人間四月天，徐志摩的愛情故事

國高中的課文一定會收錄徐志摩的〈再別康橋〉〈我所知道的康橋〉。康橋是徐志摩這一生的印記，他人生去過三次英國康橋，每一次都有不同的意義及風景。而這三次，也分別與他生命中最重要的三位女人有關。

這三位女人，分別是張幼儀、林徽因、陸小曼。她們的性格、對於感情的處理方式和態度，甚至對於人生的追求，都有很大的不同。

張幼儀像樹一樣堅忍，她有傳統的一面，但卻也不甘於命運給她的限制，因此勇於突破成長；而林徽因像風一樣飄逸又自由，她有自己的追尋，從不為誰停留；而陸小曼就像水一樣多情又多變，有時平靜像湖面，又有時揚起驚濤駭浪。

也因此三人與徐志摩的相遇，註定會是明媚卻又憂傷的人間四月天。

初遇徐志摩

在《小腳與西服》裡提到，張幼儀共有十二位兄弟姐妹，八男四女，但因為重男輕女的關係，當別人問起媽媽有多少孩子，她都說：八個。女孩子一文不值，這句話也是《小腳與西服》全書的開篇。

張幼儀雖出身世家，祖父是大官員，但由於家庭人口眾多，經濟上也就還過得去而已。大哥沉迷鴉片，只有二哥和四哥比較有出息，二哥張君勱留學早稻田大學，結識梁啟超，後來是政治家與憲法起草人，四哥張公權是銀行家，曾任中央銀行副總裁和中央信託局局長。兩個哥哥從海外學成歸國之後，首先整頓家中經濟，最簡單的辦法就是嫁掉幾個妹妹，減少吃飯的人口。

當時四哥是浙江都督祕書，偶爾會去巡視校園，順便審閱學生的作文。後來他發現有一位學生的文章寫得超級好，是不可多得的天才，便決定要將妹妹嫁給他。那個學生就是徐志摩，那時他才是個高中生，十七歲。

當時談論婚嫁的其實不是張幼儀，而是她的姊姊。但張家找了算命婆，發現姊姊若是在二十五歲前結婚會剋夫，夫婿會短命。算命婆也算了張幼儀和徐志摩，兩人八字根本不合，可是張家捨不得放棄這個才子天菜，所以就擅自改了張幼儀八字，與徐家結婚。張幼儀當時也才十五歲。

這件事，張幼儀到晚年都還想不通，明知道八字不合，為什麼還要結婚？我想也許是那個時代也無所謂兩人合不合，婚姻是兩家族的事，只要門當戶對能壯大家族就好，與他們個人的意願無關。

張幼儀的兩個哥哥一直都是非常喜歡徐志摩的。但誰能不喜歡呢，徐志摩既是北大高材生，家庭富裕，文采好又十分聰明，的確是女婿的好人選。

這邊插播一下，很多人都覺得徐志摩這麼渣，為什麼國高中課文還要收錄他的作品？其實徐志摩在文學史上有非常重要的地位，他寫作的時間雖然才短短十年，卻對後代有很深遠的影響，像是新詩發展上，他獨創的新月詩派，重新將新詩做一番整理，強調音律美和形式，對新詩貢獻很大，最著名的就是

《再別康橋》。

另外，徐志摩的散文也有獨特的風格，是五四抒情美文的典範。或許以現代的眼光來看，會覺得過於矯揉做作。但他在寫景和抒情上，功力非常深厚，很適合作為如何鍛鍊字句、學習修辭技巧的範文，因此收錄他的作品是具有意義的。

話說回來，徐志摩和張幼儀離婚後，兩個哥哥只是很遺憾：張家失去一個有才華的女婿。沒人在乎過張幼儀的感受，父親、母親、兄長、公公、婆婆、丈夫……一個都沒有。

母如得人，兒請父事

徐志摩為了林徽因，逼迫元配張幼儀離婚。最後張幼儀一人扶養兒子，還做了生意，成為銀行家、企業家，非常勵志。

五十三歲的張幼儀認識了隔壁鄰居蘇醫生，有了再婚的打算。張幼儀的思想還是很傳統，其實在張幼儀和徐志摩離婚後就有人追求過她，其中還包括羅家倫（首任清華大學校長），但張幼儀為了孩子，都不敢多想。這次遇到了蘇醫生，誠懇的真情打動她，她想結婚了，卻不敢貿然決定，於是她寫信給二哥、四哥及兒子，徵求他們的答應。

那是七八十年前的事，張幼儀不年輕，她與徐志摩生的兒子都已經結婚，孫子也都很大了，那時候的風氣很保守，對於一個中年婦女再婚大家都持否定的態度。這個年紀再婚還有意義嗎？對方是否貪圖張幼儀的財產？這人會不會給家族帶來麻煩？四哥沒有回應。

二哥發了電報，先說：好。但又發了另一封電報，說：不好。

最後，張幼儀才又收到二哥的信，上面寫了：「兄不才，三十多年來，對妹孀居守節，課子青燈，未克稍竭綿薄。今老矣，幸未先填溝壑，此名教事，兄安敢妄贊一詞？妹慧人，希自決。」

翻譯：哥哥我沒什麼才能，妳守寡三十多年，獨自帶孩子，我都沒有幫上什麼忙，如今我也老了，不敢發表意見，妹妹妳很聰明，妳就自己決定吧。

張幼儀的兒子也回信了。

「母孀居守節，逾三十年。生我撫我，鞠我育我，劬勞之恩，昊天罔極。今幸粗有樹立，且能自贍，諸孫成長，全出母訓。綜母生平，殊少歡愉，母職已盡，母心宜慰，誰慰母氏？誰伴母氏？母如得人，兒請父事。」

這封信讀了讓人非常感動，兒子說，媽媽您守節三十多年，生我養我照顧我，我能有點出息，都是母親的教誨，您作為母親的職責已盡，如果您有喜歡的人，兒子願意像孝順父親一樣孝順他。

「母如得人，兒請父事。」這句話讓張幼儀非常寬慰，感恩母親撫鞠，期盼母親幸福，鼓勵母親邁出新的一步，也許她上半生過得不算順遂，但能有一個這樣的兒子，也值得了。

關於再婚，四哥棄權、二哥沒有意見、兒子贊成，張幼儀就這樣結了婚。

一九八九年，張幼儀病逝於紐約，臨終前，對隨侍在側的兒子說她的墓碑上要刻「蘇張幼儀」四個字。有人說這四個字是對徐志摩最好的報復，代表張幼儀內心還是惦著他。但張幼儀究竟有沒有愛過徐志摩呢？

張幼儀說：「你總是問我，愛不愛徐志摩。你曉得，我沒辦法回答這個問題。我對這問題很迷惑，因為每個人總是告訴我，我為徐志摩做了這麼多事，我一定是愛他的。可是，我沒辦法說什麼叫愛，我這輩子從沒跟什麼人說過『我愛你』。如果照顧徐志摩和他家人叫作愛的話，那我大概愛他吧。在他一生當中遇到的幾個女人裡面，說不定我最愛他。」

詩意、畫意、建築意

林徽因被稱作是民國才女，她到底多有才？我們總是從徐志摩的愛情故事片面了解她，卻不知道她在文學及建築上成就，其實是非常了不起的。

林徽因絕對是豪門千金，他的父親林長民參與制定中華民國臨時約法、也是政務部部長、司法總長，堂叔是革命烈士林覺民。她的丈夫梁思成更不用說了，是梁啟超的兒子。也是超級政二代。

林徽因和徐志摩相識得很早，林徽因陪著爸爸到歐洲考察，遇見了在康橋大學念書的徐志摩，那時林徽因才十六歲，長得非常漂亮，聰慧又有氣質，不僅能講一口流利的英語，對文學詩歌也非常喜愛。

漂亮的女人徐志摩見多了，但漂亮又有才識的女人萬中選一，林徽因和其他女人完全不一樣，徐志摩對於這個小他七歲的天才美少女完全淪陷了。

林徽因對於徐志摩也是欣賞的，但是徐志摩是已婚有孩子的人。林徽因年紀雖小，但仍理智地斬斷這段感情。

「志摩，我理解您對真正愛情幸福的追求，這原也無可厚非；但懇求您理解我對幼儀悲苦的理解。她待您委實是好的，您說過這不是真正的愛情，但獲得了這種真切的情分，志摩，您已經大大有福了。」

這是網路上流傳的林徽因分手信，不確定是否真實，但一個十六歲的女孩能寫出這樣的文字，也難怪徐志摩一生都為她瘋狂。

之後林徽因和青梅竹馬梁思成一同赴美賓州大學學習建築，賓大的建築系是不收女生的，因此林徽因轉念美術系，並選修了建築系的所有課程，而且成績硬是優於班上大部分的男生。（二〇二三年，賓州大學追授了林徽因學士學位，彌補了這個性別不平等的錯誤。）

梁思成和林徽因學成歸國後結婚了。他們致力於研究和保護中國建築。因為列強侵略，很多古建築都被破壞，梁思成下定決心要撰寫一本中國建築史，記錄及捍衛這些國家文物。當時已經有一本中國建築史，是日本人伊東忠太寫的，甚至還有人說，要看唐代的建築，就要到日本去看。

「難道中國本土就沒有屬於唐代的建築嗎？」一股使命感讓梁思成和林徽因決心找回屬於中國的古建築。

那時候交通不發達，夫妻倆走遍大江南北，十五年間，走遍十五個省兩百多個縣，考察測繪了兩百多個古建築。夫婦住在簡陋的民屋或農舍裡，嬌小的林徽因還爬上爬下，為的就是測量建築物並繪畫記錄，有些地方衛生條件極差，臭氣熏天，吃住都是問題，千金小姐怎麼能夠忍受？林徽因卻說：「精神高度滿足。」

就這樣兩人克服重重困難，找到了非常多中國留存的古老建築，最有名的就是唐代建築佛光寺，夫婦倆發現時，還開心地站在屋頂上唱歌。最後由梁思成撰文，林徽因畫圖整理，終於完成一部非常偉大的鉅作：《中國建築史》，為建築學的發展奠定重要基礎。

他們的研究也對臺灣產生了一些影響，梁思成和林徽因共同出版了一本《清式營造則例》，是臺灣建築師在設計新建築時一個重要參考。目前臺灣所出現的古典式樣的新建築，譬如自由廣場，還有百元鈔票上的中山樓，歷史博物館等，幾乎都是按照《清式營造則例》所打造出來的。

林徽因的文學作品裡，有很多是思考人文與建築的對話。中國藝術上有「詩意」與「畫意」，林徽因又加上了「建築意」，也就是說透過古建築，也可以去感受歷史、文化、風格演變的中國美。這也是她的作品和其他文學家最大不同的地方。（有興趣的朋友可以看看《建築意：中國古建築之美》，由林徽因所著，目前只有簡體版本。）

很多人都問，為什麼林徽因當時不選擇徐志摩，而選梁思成？《人間四月天》裡的林徽因說了：「這個答案很長，我要用一生的時間來回答。」我很喜

卻覺得寶貝女兒進了戲曲圈成了唱戲的，名聲就壞了，所以後來也沒讓陸小曼繼續學戲。

沒繼續學戲，後來就去學畫畫了，結果陸小曼在畫畫上也很有天賦。於是父母將她送進北京最好的私立女子學校聖心學堂，又找家教來上英文法文，陸小曼在這樣栽培下，戲曲、畫畫、英法文無一不精通，人又長得漂亮，可說是人生開局即得勝。

北洋政府外交總長找陸小曼擔任外交翻譯，陸小曼聰明機靈，陪伴外賓參加各式餐會及表演，展現過人的外交手腕，曾經有外國使者對中國文化表現出不屑，她挺身而出，當面反駁，被反駁的外賓卻也不生氣，反而覺得她很可愛。

陸小曼活潑又能言善道，還會跳舞，社交場合大家都指名要陸小曼接待，如果宴會上沒有她，大家都覺得不好玩了。年僅十八歲的她獲得了社交界的廣泛好評，成為一位人氣爆棚的名媛，與名女演員唐瑛並稱為「南唐北陸」。陸小曼就是有種魅力，她既能籠絡人心，又可愛又機靈，讓你把眼光都放在她身上，捨不得離開。

父母後來幫陸小曼找了一位了不起的丈夫王賡，王賡是超級學霸，就讀清華大學，還公費赴美普林斯頓大學留學，又念了西點軍校，一回國馬上晉升陸軍上校，並在北京大學任教。才子佳人婚宴成為北京頭條，人們都說一代名花落王賡。

可惜看似門當戶對的他們，個性上完全不合，婚後的王賡忙於工作，陸小曼無法忍受寂寞，沉迷於交際活動，常常到天亮才回家。王賡知道自己不能常陪小曼，內心也有點愧疚，於是他就拜託一位朋友：「又申，我實在太忙了，我老婆想要出去交際，你幫我陪陪她吧！」朋友熱情答應，讓王賡非常感激。

這位朋友，就是徐志摩。徐志摩和陸小曼兩人一拍即合，陸小曼風情萬種，而且有種新時代女性的魅力，徐志摩深深被吸引，而徐志摩懂詩懂浪漫，也滿足了陸小曼對愛情的想像。

很快地，他們的婚外情就被發現。

一九二五年九月，在上海有名的功德林餐廳，徐志摩、王賡、陸小曼母女、畫家劉海粟還有其他名人圍了一桌聚餐。

徐志摩臉色尷尬，王賡則是神色陰鬱，陸小曼依偎在母親身旁，畫家劉海粟坐在主位上，他舉杯慷慨陳詞，說了：「我們都是年輕人，誰不追求幸福，誰不渴望幸福，如果沒有愛情的婚姻，是違背道德的。」

王賡面無表情，他明白，徐志摩找了大家，是為了勸說他與陸小曼離婚。他不發一語離開現場，二個月後就同意了與陸小曼的離婚。這場婚姻裡，王賡展現了他的容忍，不僅兩人和平分手，甚至還給他們的婚禮包了厚禮，堪稱是最佳前夫。

徐志摩雖和陸小曼排除萬難結婚了，但婚後生活並非幸福快樂，主因是陸小曼生活太鋪張奢侈了。

徐家因為不喜歡這個媳婦，所以主動斷了金援，徐志摩不得不帶著陸小曼搬到上海，並一肩扛下養家責任，但陸小曼過慣豪奢生活，出入都要有司機，家裡也要有傭人，每天睡到下午起床，再打扮地漂漂亮亮去吃下午茶、包戲院看戲、打牌，玩到深夜才回家。

然而這都還不算是最兇的花費，最大宗的支出，是後來陸小曼染上了吸鴉片的惡習。

陸小曼為了與徐志摩結婚，那時懷有王賡身孕的她，隻身一人到德國人開的診所做了流產手術，這個手術並不成功，除了讓她終身不孕外，也讓她的身體多了很多病痛。

徐志摩找來一位很會推拿的朋友翁瑞午，經由翁瑞午的推拿之後，陸小曼身體好了許多，徐志摩很感激翁瑞午，此後，翁瑞午經常出入徐家，甚至教會陸小曼吸鴉片來止痛。

鴉片在當時是很流行的，剛開始吸有點嗆，但越吸越香甜，身體也軟軟的，輕飄飄非常舒服，她和翁瑞午兩人，常常一起臥在客廳裡的煙榻上並枕，吞雲吐霧。

鴉片加上無止盡的奢靡生活，讓徐志摩不得不打七份工來維持家庭生活，他來回於北京上海講課，卻還是無法負擔陸小曼的花費，有次兩人為了鴉片大吵，陸小曼一氣之下將菸槍丟向徐志摩，打碎了徐志摩的金邊眼鏡。

徐志摩一生氣，就離家了，誰知這是他們最後的互動。二天後，徐志摩搭上了載信件的簡陋小飛機，飛機失事，撞毀在山間。

據說徐志摩離世的樣子非常淒慘，多處骨折，頭上破了大洞，眼睛也未全闔上，墜機現場唯一的遺物，是被徐志摩仔細裝在鐵匣裡的陸小曼山水畫長卷。陸小曼得知訊息，悲痛到無法前去指認，林徽因昏厥，最後是由張幼儀讓大兒子去協助後事。

我常常在想，這會是徐志摩要的結局嗎？我相信他是深愛著小曼的，不然怎會願意包容小曼一切荒唐行為，甚至默許小曼與翁瑞午往來，吸食鴉片。

翻閱他與小曼的日記，徐志摩寫：「眉，只有你能給我心的平安。在妳完全的蜜甜的高貴的愛裡，享受無上的心與靈的平安。」

我想詩人即使知道最終的結局會是如此，再給他重新選一次，他一樣會選擇又甜蜜又苦地活著吧。

徐志摩走後，陸小曼寫下了淒婉哀怨的長篇悼文〈哭摩〉：

「直到如今我還是不信你真的是飛了，我還是在這兒天天盼著你回來陪我呢，你快點將未了的事情辦一下，來同我一同去到雲外優游去吧，你不要一個人在外逍遙，忘記了閨中還有我等著呢！」

陸小曼不再熱中交際，開始認真學畫，穿著一身素服，只因徐志摩說她穿素服最好看，過著深居簡出的生活，並著手編輯《志摩全集》。

隨著日子往前走，忘卻人間煙火，小曼已不再美麗，長年吸食鴉片的她，牙齒全落，身體瘦弱，但翁瑞午仍不離不棄地守著陸小曼，他雖有妻小，卻搬來與陸小曼同居，負責小曼的起居生活，還變賣收藏的文物，只為了讓小曼繼續專心學畫。

面對翁瑞午，陸小曼說對他只有感情，沒有愛情，但二人維持同居關係近三十年，直到翁瑞午過世。

一九六五年，陸小曼也走到生命盡頭，她有個願望，是希望能和徐志摩葬在一起，但遭到徐志摩和張幼儀的長子徐積鍇反對，一生最怕寂寞的陸小曼，去世的時候，身上只穿了件髒兮兮的棉襖，骨灰放在殯儀館沒有人去收，最後遺失不見，一直過了二十多年，才由堂姪幫她做了衣冠塚。到底從哪裡出了差錯呢？原本京城裡最炙手可熱的名媛，竟會落得如此下場？

最後的那幾年，陸小曼潛心作畫，她的畫古典秀雅，有宋代院體畫細緻工整，她的字也寫得非常好看。那些畫肯定給她帶來心靈上的寧靜吧，就像柳永寫的〈八聲甘州〉：是處紅衰翠減，苒苒物華休。惟有長江水，無語東流。

一代名媛留下了無盡的惘然故事。

附註：陸小曼畫作是獲得肯定的，她開過畫展頗受好評，並入選了全國美展，成為上海中國畫院首批三十六位畫師之一。二〇一八年陸小曼的羅漢圖拍賣了人民幣兩百八十一萬的天價。

國學小常識

一、白話文學運動：

一九一七年一月，胡適於《新青年》發表〈文學改良芻議〉，首倡白話文學，主張以白話取代文言，作為正宗的文學語言。提出八個主張，包括，須言之有物、不摹倣古人、須講求文法、不作無病之呻吟、務去爛調套語、不用典、不講對仗、不避俗字俗語。

二、現代詩的發展與特色：

現代詩，又稱新詩、白話詩、自由詩。名為「現代」，即相對於「古典」而言，主張要以口語、白話來創作，且不拘泥於形式，不似古典詩有固定句型或嚴整格律。現代詩的派別與作家有徐志摩、聞一多等人合創「新月詩社」。新月一詞，來自泰戈爾，的〈新月集〉。

不知憶我因何事，
昨夜三更夢見君。
把君詩卷燈前讀
詩盡燈殘天未明
我今因病魂顛倒
唯夢閒人不夢君

卷三

男人間的真愛：父子情與兄弟情

君今勸我醉，
勸醉意如何。

君埋泉下泥銷骨，我寄人間雪滿頭。

第一章

陶淵明的兒子原來是學渣

每當段考結束，就可以看見各親子社團哀號聲不斷，許多父母上網抱怨孩子不念書，或是成績考太差很心痛，不知道該怎麼辦？

大家請放寬心，這個煩惱不是只有你有，晉代那位嫻靜少言，不慕榮利的陶淵明先生，也曾經為他的學渣兒子們操碎了心。

陶淵明曾寫過一首詩罵他的兒子們，說自己生的五個兒子，沒一個像樣的。

〈責子〉

白髮被兩鬢，肌膚不復實。
雖有五男兒，總不好紙筆。
阿舒已二八，懶惰故無匹。
阿宣行志學，而不愛文術。

雍端年十三，不識六與七。
通子垂九齡，但覓梨與栗。
天運苟如此，且進杯中物。

翻譯：

〈罵小孩〉

我已經老了，兩鬢都是白髮，身材也不是小鮮肉了。
雖然生了五個兒子，卻沒有一個愛念書。
阿舒已經十六歲了，懶惰第一名啦！
阿宣十五歲，也不愛讀書寫字。
十三歲雙胞胎阿雍和阿端，連六和七都不認識！
九歲的阿通，成天除了找梨子和栗子吃外，也沒什麼會做的事。
算了啦！我就是命不好，燒酒喝一杯，乎乾啦！

這世界就是這麼不公平，平平都是大詩人，為什麼陶淵明五個兒子都這麼笨，但北宋蘇洵的兩個兒子，蘇軾和蘇轍，卻都是天才中的天才。尤其是蘇軾，可說是十項全能，詩文書畫皆精，蘇轍甚至官拜副宰相。

這可能跟教育方式有關，從陶淵明的詩和他率真無為的個性看來，陶淵明的教育態度，大概有點放牛吃草的感覺。所以兒子不太成材是可以理解的。

學霸背後的推手：程夫人

蘇軾蘇轍兄弟有個非常聰明又用心的母親程夫人。她學問淵博，對歷史很有見解，而且教孩子們讀書，不只看學問，更重視品德。

蘇軾十歲那年，程夫人為他們兄弟倆講述漢書〈范滂傳〉。范滂生於東漢，是個清廉正直的好官，但因為得罪於宦官，而遭黨錮之禍，被下獄致死。臨刑前母親送別他，范滂說：「對不起，不能為您養老送終。」母親卻說：「你選擇了對的事情，我為你感到驕傲。」

程夫人講到這裡時，非常激動，眼淚幾乎要奪眶而出。小蘇軾也聽得很激動，他問媽媽：「如果我也學做范滂，你會答應嗎？」

對於母親來說，這是個非常艱難的問題，沒有一位母親願意看著兒子赴死，但程夫人卻說：「如果你學做范滂，我也會學范滂的母親，為你感到驕傲。」

程夫人就是這樣一位品格高尚的母親，所以蘇軾蘇轍也遵循著母親的教誨，尤其是蘇軾，他一生中為了自己的正義和理想，不惜得罪權貴，但從不退縮，也不害怕，更沒有在背地裡出賣任何人。他行事磊落，光明正大，即使被貶到偏遠地區，也努力為百姓著想，做了許多建設，造福人民。

蘇軾完全對得起十歲說過的話，他終身都在踐行母親教他的理念。

韓愈原來是虎爸

我們來看看寫出「師者，所以傳道受業解惑也」的著名老師，唐宋八大家之首的韓愈，是怎麼勸貪玩的親生兒子好好學習的。

韓愈寫了一首長詩〈符讀書城南〉，符是韓愈長子，韓昶的小名。以下節選幾句：

兩家各生子，提孩巧相如。少長聚嬉戲，不殊同隊魚。年至十二三，頭角稍相疏。二十漸乖張，清溝映汙渠。三十骨骼成，乃一龍一豬。飛黃騰踏去，不能顧蟾蜍。

翻譯：兩個家庭生的小孩，一開始都很聰明，小時候在一起玩耍的時候，就像魚群中的魚一樣，看不出有什麼區別。到了十二三歲（小學畢業的時候），大家的表現稍有不同，但是還不明顯。直到了二十歲（大學的時候）就變得差別很大，像一條清水溝、一條髒水溝擺放在一起。到了三十而立的時候，倆人一個就像一條龍，另一個就像一頭豬一樣。學有所成的孩子飛黃騰達，已經懶得看地上那隻躺平的癩蛤蟆了。

這首詩已經近乎恐嚇及情緒勒索了，韓愈說：「從小不好好學習，長大就是豬，就是癩蛤蟆！」

這也是成語：一龍一豬的由來，用來比喻人的賢與不肖，相去懸殊。

韓愈的長子韓昶，讀了這首詩之後深受鼓舞（恐嚇？）拚命讀書，最後考上了進士，當了國子博士，還當了戶部郎中，也算是有出息了。

不過話說回來，陶淵明的兒子們真的那麼沒用嗎？其實當時很流行一種文體叫做「數名詩」，又稱作數字詩、數詩。這是一種遊戲文類，在文章中都嵌數字，如果嵌在首位的則為藏頭數字詩。

比如宋朝理學家邵康節的一首很出名的兒童啟蒙詩：「一去二三里，煙村四五家，亭臺六七座，八九十枝花。」在二十字的詩中，嵌入了十個數字，念起來琅琅上口，也描繪了一幅美好的鄉村自然畫，兒童在學習數字時，這首詩就成為很好的啟蒙教材。因此〈責子〉這首詩未必是在苛責親兒子，也可能是陶淵明此類遊戲的題材習作啦。

雖然陶淵明五個兒子是學渣，但陶淵明也是看很開啦，世界上沒有什麼事是一杯酒不能解決的，如果有，那就兩杯！考試成績也讓你很心累嗎？學學陶淵明，天運苟如此，且進杯中物。

乎乾啦！

詞語百寶袋

一、攬轡澄清：

〈後漢書．卷六七．黨錮列傳．范滂〉：「滂登車攬轡，慨然有澄清天下之志。」指澄清吏治，安定天下的宏願。

例句：他從政後發下攬轡澄清的宏願，希望能為社會多盡一份心力。

二、一龍一豬：

比喻人的賢與不肖，相去懸殊。唐．韓愈〈符讀書城南〉詩：「三十骨骼成，乃一龍一豬。」

例句：學問要經過努力與累積，時間一久，人與人之間的實力差距就會像一龍一豬，非常懸殊。

參考書籍：葉慶炳《中外文學》二三卷四期（1994．09）pp.14-20

第二章

杜甫→李白→孟浩然→王維，大唐那段單向奔赴的愛

女兒問我，很重視的友情但對方都不看重是一種怎樣的感覺？我想了想說：「喔！那大概就像是杜甫跟李白那樣吧！」

杜甫：

〈贈李白〉（二年客京都）

〈贈李白〉（秋來相顧尚飄蓬）

〈與李十二白同尋範十隱居〉

〈飲中八仙歌〉（李白鬥酒詩百篇）

〈冬日有懷李白〉

〈春日憶李白〉

〈夢李白二首〉

〈天末懷李白〉

〈不見〉（不見李生久）

〈寄李十二白二十韻〉

李白：

〈贈孟浩然〉

李白與杜甫

李白和杜甫兩人是文學史上的巨擘，也可以說是盛唐詩最著名的代表，一位詩仙，一位詩聖。後人把他們兩人並稱為「李杜」，又稱「大李杜」。另外，晚唐著名詩人李商隱、杜牧稱為「小李杜」。

兩人相差十二歲，詩風也大不相同，李白是浪漫派，而杜甫是寫實派，因為他們是同一個時代最傑出的詩人，所以後人就把他們併在一起，杜甫若地下有知，能與偶像並論，應該會欣喜欲狂！

他們兩人是怎麼認識的呢？這要從唐玄宗天寶三年（西元七四四）的春

天說起。當時四十四歲的李白已經名滿天下，離開長安展開漫遊，在洛陽遇見了三十三歲仍默默無聞的杜甫，杜甫正年輕，閱歷尚淺，他一看到李白風姿過人，又聽李白大誇他在宮中如何受皇上的恩寵，不禁心生景仰，一見傾心，立刻成為李白的忠實粉絲。

兩人一路喝酒旅遊，有了小粉絲杜甫，向來自戀的李白，這一路上也少不了吹噓自己一番，到了開封又遇到了高適，於是三人開心結伴遊覽。杜甫在多年之後寫的一首回憶的詩篇〈遣懷〉中，就把這開心的旅遊寫進去：

憶與高李輩，論交入酒壚。
兩公壯藻思，得我色敷腴。
氣酣登吹臺，懷古視平蕪。

杜甫提到他與高、李二人的友誼開始於一間酒家，這兩位前輩都很高興和他談天，當三人酩酊大醉之後，他們一起登上吹臺古蹟，聊聊歷史，眺望遠景。

在與高適、李白同遊的隔年，小粉絲杜甫又來拜訪李白了。他們一起同遊兗州，還順道找了隱居在附近的范隱士，杜甫又將這趟旅行寫成一首詩來紀念：「醉眠秋共被，攜手日同行。」晚上睡覺蓋同一條被子，白天手牽手逛街。感情超級好！

這趟兗州旅程之後，杜甫寫了非常多首想念李白的詩，據統計至少有四十首，春天想李白〈春日憶李白〉、冬天也想李白〈冬日有懷李白〉，白天想李白〈天末懷李白〉，晚上夢李白〈夢李白〉，連送個朋友都能順便想到李白〈送孔巢父謝病歸游江東，兼呈李白〉。

而李白呢？他與杜甫告別時，也寫了一首詩〈魯郡東石門送杜二甫〉，裡面說：「醉別復幾日，登臨遍池臺。何時石門路，重有金樽開。秋波落泗水，海色明徂徠。飛蓬各自遠，且盡手中杯。」可以感覺這首詩寫來感情比較平淡，而且講喝酒的事比較多，不像他對孟浩然、汪倫的深情濃烈。

杜甫不僅僅想念李白，他還有實際行動挺李白，當時李白因為追隨永王李璘，而李璘最後作亂反叛失敗，李白因此入獄，被流放至夜郎，大家都群起圍攻他，只有杜甫站了出來寫了〈不見〉：「不見李生久，佯狂真可哀。世人皆欲殺，吾意獨憐才。敏捷詩千首，飄零酒一杯。匡山讀書處，頭白好歸來。」就算全世界與你為敵，我也還是要愛你，我就是李白腦粉！

面對杜甫滿懷熱情，李白一共也就只有簡單寫過兩首詩回贈，不過有可能是礙於兩人輩分的關係，畢竟李白是杜甫的大前輩，唐代或許有「後輩寫給前輩詩句，前輩不一定要回覆」的潛規則。也就是偶像沒有義務要回覆粉絲的愛啦！（因為李白寫給孟浩然，也很常被已讀不回！）

所以如果你的信或留言常常被已讀不回，想想杜甫，想想李白，就別太往心裡去啦！

王維與孟浩然

另外一對ＣＰ就是王維和孟浩然，合稱「王孟」。兩人是好朋友，詩風也非常相近，都是描寫生活的閒適靜謐，稱為田園山水派。感情非常好，有一次孟浩然到王維辦公的地方找他，結果唐玄宗來了。孟浩然一急，就躲到王維辦公室的床下。

王維不敢隱瞞皇帝，就誠實告訴玄宗說：「我的朋友孟浩然來了，他因為不應該在這，不敢見您，所以藏在床下。」

玄宗說：「沒事，我聽說他詩寫得很好，叫他出來寫首詩我看看。」

結果孟浩然灰頭土臉從床下出來，念了一首〈歲暮歸南山〉，詩裡面講到：「不才明主棄，多病故人疏。」白話意思就是，我也沒有什麼才幹，所以雖然是聖明的君主也不用我了。

玄宗一聽很生氣，就罵他：「卿自不求仕，朕何嘗棄卿？」你自己四十歲以前都不來考試，怎麼說我棄？

老闆再有錯，你也不能說他錯！只能說孟浩然太不懂職場生存了，從此自斷仕宦路，只能回老家種田洗洗睡。於是孟浩然黯然與佛系美男王維離別，寫下了〈留別王維〉：

寂寂竟何待，朝朝空自歸。欲尋芳草去，惜與故人違。

當路誰相假，知音世所稀。只應守寂寞，還掩故園扉。

翻譯：我寂寞還有什麼好等待的呢，每天都是懷抱著落空的期待而歸。我要尋找美好的田園歸去了，但可惜要和老朋友分別。當權的人有誰能幫助我呢？在人世間知音真的很少啊！只好一生都守著寂寞，關上老家的門與世人隔絕。

孟浩然大唱我寂寞寂寞就好，最後歸隱山林，過了幾年也就去世了，王維只能寫〈哭孟浩然〉：

故人不可見，漢水日東流。
借問襄陽老，江山空蔡州。

翻譯：老朋友我再也見不到了，但漢水仍然日夜東流。借問襄陽的朋友今在何方？江山依舊在，但已經沒有人可再陪我遊蔡州了。

李白視孟浩然為偶像，直球告白「吾愛孟夫子，風流天下聞」，又寫〈黃鶴樓送孟浩然之廣陵〉：

故人西辭黃鶴樓，煙花三月下揚州。
孤帆遠影碧空盡，唯見長江天際流。

跟心中的偶像別離，船已沒入了天際，遠到都看不到了，李白眼裡還是只有那艘船，深情凝望，不肯離去……

孟浩然已讀不回，筆下沒有任何贈詩回給李白，卻與李白年紀相仿的王維來往。

王維和李白都有許多共同好友，而且也都頗負盛名，但不知道為什麼，兩人從未提起對方，也不在同一個場合出現。有一傳說是因為玉真公主的關係，玉真公主喜歡王維，李白又喜歡玉真公主，因此王維和李白互為情敵，不相往來。但更為精確的說法，很可能是兩人的位階及名氣不在同一個檔次上。

唐代非常重視門第及輩分關係。孟浩然是入京考進士的時候認識王維的，而當時王維才結束為期四年的九品小小參軍，在長安等候派發的官位，算是待業中，所以兩人身分相近，得以親近。

但等到李白當翰林供奉的時侯，王維早已成名，任左補闕，名滿天下：「維以詩名盛於開元、天寶間，昆仲宦遊兩都，凡諸王駙馬豪右貴勢之門，無不拂席迎之，寧王、薛王待之如師友。」兩人並不是同一個階層，輩分並不同，所以來往的機會並不大，加上王維的個性恬靜，不太追求高官厚祿及名車華服，和生性張狂的李白有很大的不同。

是說唐代男人與男人之間的友情，往往比男人與女人之間的愛情還要濃烈，簡直可以算得上是日思夜想，「基情」四射，其中我覺得你儂我儂，羨煞旁人的當數元稹和白居易。下回我們就來看看元白到底有多鐵！

國學小常識

唐詩：唐詩泛指創作於唐代（西元六一八年～九〇七年）的詩，也可以引申指以唐朝風格創作的詩。唐詩上承魏晉南朝詩，下開宋詩，大致分為四個時期：初唐、盛唐、中唐和晚唐。

初唐：詩歌尚受六朝綺麗詩風影響。主要詩人有王勃、楊炯、盧照鄰和駱賓王等，合稱初唐四傑。而陳子昂是初唐的復古派，倡導革新。

盛唐：是唐詩的成熟時代，作品內容充實，風格也多樣性，山水田園派的王維、孟浩然；邊塞派的岑參、高適、王昌齡和王之渙；浪漫派李白；社會派杜甫。

中唐：是唐詩的轉折時代，文學特徵從浪漫轉為現實，詩歌題材多為寫實，代表人物為社會派的張籍、白居易和元稹。

晚唐：政治日益衰微，作品充滿憂國憂民的情調，代表人物為杜牧、李商隱，人稱「小李杜」。

唐代也被視為中國歷來詩歌發展最盛的黃金時期，因此有與宋詞並舉之說。

第三章

元稹與白居易，大唐好基友

自古CP可逆不可拆，講到白居易，當然連元稹也要一起講，他們是歷史公認的一對，史稱「元白」，更有句成語，叫做「壓倒元白」。大家別亂想，壓倒元白不是物理性壓倒，而是比喻詩文作品超越當時名家。

這典故出自於一次宴席上，當時座上皆文人，元稹、白居易也在場，大家輪流即席作詩，而刑部侍郎楊汝士（白居易的妻舅）最後才把詩寫好，元白看了後大驚失色，覺得自己寫得沒有人家好。楊汝士大醉後回家對弟子說：「我今日壓倒元白。」弟子們：「老師詩藝高超，一次壓倒一對基友。佩服佩服！」（設計對白）

同梯校書郎

元稹和白居易是怎麼認識的呢？這要從貞元十九年說起，這年白居易三十二歲，元稹二十五歲，他們同科登第，一起當上了祕書省校書郎（同梯的圖書館管理員），兩人就此一見傾心，不是，一見如故，非常有話聊。他們兩人的際遇都很像，同樣出身寒微，也都辜負了初戀（白居易沒娶湘靈，元稹辜負崔鶯鶯），個性相像，比手足還要了解對方。

做校書郎這幾年裡，哥兒倆形影不離，不是「花下鞍馬遊，雪中杯酒歡」，就是「春風日高睡，秋月夜深看。」一起喝酒一起賞月，一起睡覺一起熬夜，走到哪互相陪到哪。

白居易說元稹：「曾將秋竹竿，比君孤且直。」

翻譯：你比秋天的竹子還要直呢！

元稹說白居易：「愛君直如髮，勿念江湖人。」

翻譯：我最愛你像頭髮一樣直，不要想念我這個江湖人了。

兩人都互相愛對方的直。這個直，是耿直的直，不是〇〇的直，剛剛亂想的，自己掌嘴。

兩人在一起時，不只是喝酒遊玩，也一同成長。校書郎官位小，沒有發展空間，於是哥兒倆決定辭職，再繼續考試晉升。他們住在一起念書，期間互相點評切磋。一個月後，兩個學霸雙雙上榜，元稹第一名，白居易第四名，再加上都有同樣的文學主張，還弄了個新樂府運動，在中國詩歌上留下輝煌的一頁。更難得的是還為彼此的低谷加油打氣，患難與共。

唐代有嚴格完整的守喪制度，稱為丁憂。父母去世，子女需為父母停職守喪三年，這時候不能工作，專心服喪。元稹母親去世時，守喪沒有收入，白居易給元母寫祭文，又往元稹家送物資，輪到白居易守母喪時，元稹一樣出錢出力，為白母寫祭文，也出生活費。

在任官時候，兩人也互相扶持，在官場打拚。

元稹任監察御史，含冤被貶江陵，白居易氣炸，衝到唐憲宗面前為好哥們辯護。而白居易被貶為江州司馬時，元稹重病纏身，氣若游絲，一聽到好友被貶，竟然一下子給氣活了！寫下後代學生都要背的名句：

> 「殘燈無焰影幢幢，此夕聞君謫九江。垂死病中驚坐起，暗風吹雨入寒窗。」〈聞樂天授江州司馬〉

唯夢閒人不夢君

人生漫漫，感情不一定能維持這麼久，往往是人走茶涼，大家相陪一陣而已。但元白不同，在往後的幾十年裡，他們一直是彼此最親密的朋友，在一起時，就天天攜手同遊。不在一起時，就以詩傳情，互訴相思，越離別，情越濃。尤其在當時，交通不如現今便利，常常一別就數日，很難見面。也因此每一次的分別，他們都難捨兄弟情，譬如元稹到河南做官時，白居易寫下：

「同心一人去，坐覺長安空。」〈別元九後詠所懷〉

翻譯：弟，你走了之後，整座長安城都空了啊。

元稹也寫下：「是夕遠思君，思君瘦如削。」〈三月二十四日宿曾峯館，夜對桐花，寄樂天〉

翻譯：哥，我想你想得都瘦了。

兩人現實中不得相見，唯有夢裡見，於是白居易的夢常出現元稹。

「不知憶我因何事，昨日三更夢見君。」〈夢微之〉

翻譯：弟，你為何又想我了，害我昨天夢見你。

元稹則傲嬌地說：「我今因病魂顛倒，唯夢閒人不夢君。」〈酬樂天頻夢微之〉

翻譯：我哪有想你，我只是生病了，你夢到我，我可沒夢到你。

這兩人因為太思念彼此了，還有心電感應！

元稹有次到梁州出差的時候，夢見和白居易、李杓直一同遊曲江，於是就寫了詩寄往長安，說「夢君同繞曲江頭。」我今天夢到和你去曲江玩啦。

結果無獨有偶，白居易和弟弟白行簡、李杓直還真的正在曲江玩，在酒館喝酒時，白居易突然靈感一來，就到牆上題詩：「忽憶故人天際去，計程今日到梁州。」屈指一算，微之今日應該到梁州了吧。

半個月後，白居易收到元稹來信，一看元稹的落款日期驚呼：「這也太巧了吧！」

也就是說，他倆在同一時間，都感應到了彼此的存在，還知道對方的位置在哪裡，根本就不需要安裝GPS，只需要通靈即可。

白行簡表示：「我跟我哥感情都沒有這麼好。」（雙手一攤）

官場漂泊，兩人聚少離多，很多的時候，他們總是靠著通信聯絡，因此白居易希望退休之後，能與元稹一同歸隱，再也不分離。

「歲晚青山路，白首同期歸。」

元稹呢，想得更遠，連下輩子都想好要再一起了。

「直到他生亦相見，不能空記樹中環。」

我寄人間雪滿頭

兩人最後一次見面，是在唐文宗大和三年，白居易的養老地洛陽。

這時他們都已五六十歲，再也不像初見時的少年意氣風發，遲暮之年相聚，兩人分外珍惜，元稹或許有預感，也許這次就是最後一次見面了，他在洛陽逗留許久，遲遲不捨得離開。走的時候，非常難過，寫下〈過東都別樂天二首〉：

「君應怪我留連久，我欲與君辭別難。白頭徒侶漸稀少，明日恐君無此歡。」

那句「明日恐君無此歡」就像預言一樣，一語成讖。

大和五年，五十三歲的元稹於武昌突然病逝，白居易得知消息，痛不欲生，恨不得也跟著元稹一起離去。誰逃得過生死呢？但白居易不能接受的是，原本如此親近的人，如今卻天人永隔，再也不能見面。以前雖然幾經離合，但都有重見之日，但現在是真真實實的永別了。

白居易哀痛地寫下：「公雖不歸，我應繼往，安有形去而影在，皮亡而毛存者乎？」

翻譯：你雖然不能再回來，我應隨你而去，哪裡有形體去而影子還在，皮亡而毛活著的道理呢？

元稹走後的好幾年，白居易還是會夢見他，醒來後淚如雨下：

夜來攜手夢同遊，晨起盈巾淚莫收。
漳浦老身三度病，咸陽宿草八回秋。
君埋泉下泥銷骨，我寄人間雪滿頭。
阿衛韓郎相次去，夜臺茫昧得知不？

翻譯：昨夜又夢見與你攜手同遊，醒來後我哭到連毛巾都無法擦乾。自從你走了之後，我生了三次病，你咸陽的墳墓，上面長滿草，已有八個年頭了。你在九泉之下，早已化為泥沙。只剩我暫住在人間，長滿雪白的頭髮。阿衛和韓郎也已先後離世，黃泉茫茫，你可知道這些事嗎？

白居易寫的「君埋泉下泥銷骨，我寄人間雪滿頭。」是千古名句，我每次讀到這句時，都有一種生死永隔的悲傷，尤其白居易寫的那個「寄」字，彷彿是他安慰自己，或許先暫寄人間，總有一天也能到黃泉下與元稹相聚。

唐才子傳裡有這麼一段記載：「微之與白樂天最密，雖骨肉未至，愛慕之情，可欺金石，千里神交，若合符契，唱和之多，無逾二公者。」

中國文學史上，幾乎找不到像元白這樣志同道合，互相扶持了三十多年，詩唱和近千首，情誼深厚的摯友，很多人會相聚在一起，無非是有共同利益、或是因某種目的，相陪一陣，甚至到後來反目成仇的很多，但元白之間的情感卻非常真摯與純粹，他們在一起並非為了什麼目的，也不因為對方病了、被貶官了而有所變，總是不離不棄，至死不渝。

我常常很羨慕元白，畢竟知音難覓，況且不管是友情或愛情，雙方只要有一人無力或無心維繫，這段感情就很難維持，像元白那樣認真經營彼此關係，還留下滿滿的交往詩作，真的非常難得，就文學上來講，也開拓了詩的藝術形式，造成時代的流行。

詞語百寶袋

一、壓倒元白：

唐寶曆年間，宰相楊嗣復在新昌里宅第宴請賓客，當時元稹、白居易皆在座，並於席上賦詩，而刑部侍郎楊汝士最後才把詩寫好，元稹、白居易觀看後為之失色。楊汝士大醉後回家對子弟說：「我今日壓倒元白。」見五代漢．王定保〈唐摭言．卷三．慈恩寺題名遊賞賦詠雜記〉。後以壓倒元白比喻詩文作品超越當時名家。

例句：在這場文學競賽中，他寫作技巧卓越，壓倒元白，成為當代文學名家。

二、籠鳥檻猿：

籠中鳥，檻中猿。比喻人不自由。唐．白居易〈與元微之書〉：「籠鳥檻猿俱未死，人間相見是何年。」

例句：在沉重的課業壓力下，學生感到自己如籠鳥檻猿，無法自由發展。

國學小常識

樂府詩：

「樂府」本指管理音樂的官府，起源於秦代，到了漢代，漢惠帝設「樂府令」，漢武帝擴大「樂府署」的規模，掌管俗樂，收集民間的歌辭入樂。漢人樂府最早稱歌詩，也就是可以歌唱的詩，除了來自民間歌謠的歌辭，後來也加上了貴族文人所作的頌歌，以及國外輸入的樂曲，軍樂等。樂府詩的形式較自由，字數、句數不限，用韻較寬，可換韻，但必須押韻，不限平仄，順口即可，對仗也不限制，但可見偶句。

新樂府運動：

新樂府運動是由白居易、元稹等共同提倡的文學改革運動，與韓愈、柳宗元提倡的古文運動相互呼應。「新樂府」是唐人自立新題的樂府詩，與漢樂府的主要不同之處在於，新樂府不入樂。至於運動宗旨則是在於「文章合為時而著，歌詩合為事而作」，大大強調了詩歌的社會功能和諷諭作用。

第四章

你的過去我來不及參與，你的墓誌銘我奉陪到底

古人非常看重墓誌銘，因為那是一個人一生的功與過，蓋棺論定後，就會流傳千載，不僅要用最好的石材雕刻，還要用最好看的字體，更重要的是內容，一定要請有名氣又會寫的大文豪，來幫自己寫墓誌銘。

墓誌銘一般來說會有固定的形式，比如要呈現墓主的姓字、籍貫、世系、仕宦經歷、成就、卒葬經過等內容。而且因為會被流傳下來，所以一定要「書美不書惡」，多多講好話就是了啦！

因此這是一個很龐大的市場，富貴人家給得起的價碼往往相當可觀，唐文宗時，撰寫墓誌銘一度成了長安文人的一個熱門職業，同行之間還存在激烈競爭，一旦有名人去世，門前就會擠滿爭寫墓誌銘的文人，甚至為了搶先獲得機會，他們會在殯葬

業者那裡登記，《大唐世語》中就有記載文人「錄名於凶肆」（凶肆、殯葬業），若有人過世，殯葬業者就會通知他們，讓他們可以早一步接到單。

多塞給你錢，讓你浮誇幾句，漸漸地很多墓誌銘就會有了作偽、虛華的文風。像這種誇大其詞、歌功頌德、給往生者貼金的習慣就會被譏為「諛墓」。而誰是「諛墓」的第一高手呢？那就是我們文起八代之衰的韓愈啦！

韓愈VS柳宗元

韓愈非常會寫文章，想當然寫墓誌銘對他來說是小菜一碟，他經常接單，收入豐厚，根據歷史記載，當時韓愈寫一篇墓誌銘的定價是「馬一匹並鞍銜，白玉腰帶一條」。還寫過一篇碑文〈平淮西碑〉得到了五百匹絹相贈，相當於四百貫錢，而當時韓愈當官的月薪只有二十五貫錢。

只不過賺得多，受到的譏諷也就越多，韓愈部分的墓誌銘被認為是拍死者馬屁的「諛墓」，他的朋友劉叉曾故意取走韓愈的數斤黃金，還理直氣壯地說

「此諛墓中人得耳。」意思是「這個錢是你拍死人馬屁的錢」，不願還錢。

但韓愈畢竟是韓愈，就算是墓誌銘，他也能寫出新高度，尤其他為好友柳宗元寫的墓誌銘，更是放了感情下去寫的，墓誌銘該有的格式規範、生平事蹟沒少，又加入了更多對於柳宗元的文學評價以及政治才能。尤其在描寫柳宗元備受排擠、長期遭貶、窮困潦倒的經歷時，更是寄予非常大的同情。

韓愈寫：「嗚呼！士窮乃見節義。今夫平居里巷相慕悅，酒食遊戲相徵逐……一旦臨小利害，僅如毛髮比，反眼詞解若不相識。落陷阱，不一引手救，反擠之，又下石焉者，皆是也。此宜禽獸夷狄所不忍為，而其人自視以為得計。聞子厚之風，亦可以少愧矣！」

翻譯：唉！一個人要到困境，才能夠看得出他的節操和正義，現在有些人，平常住在附近感情也不錯，常常一起吃喝玩樂，但一旦碰上一點利害衝突，就算是小如毛髮，也會翻臉不認人，不出手相救就算了，還落井下石。這些人要是聽到子厚的為人，應該會稍微感到慚愧吧！

這篇〈柳子厚墓誌銘〉在後世都有高度評價，不僅給後世留下非常多的成語，例如嶄露頭角、落井下石、踔厲風發，還是一篇真情流露、非常美、非常感人，對老友最後的告別信。

元稹VS杜甫

杜甫雖然被後代稱為「詩聖」，他的詩也被稱為「詩史」，但在他活著的時候並不出名，也只當了小小官職，一生顛沛流離，後期又遭逢安史之亂，窮困潦倒，連房子都住不起。雖然留下很多好作品，但都乏人問津，一直到過世了，都沒沒無名。

而將杜甫發揚光大，甚至讓他在文學史上留名的，就是元稹。這兩人素未謀面，出生也不是同一個年代，但是命運就是這麼神奇地將兩人牽在一起。

杜甫臨終前希望能安葬在家鄉偃師，但兒子實在太窮了，還沒來得及安葬父親，自己也撒手人寰，最後由孫子杜嗣業沿途一邊借錢一邊乞討，終於把祖父杜甫帶回了家鄉。這一過，就是半個世紀。

元稹在少年的時期就看過杜甫的詩作。這一看不得了了，元稹原本就是文學底蘊非常深厚，也是天才等級的詩人，他一眼就看出了杜甫詩作中的不凡和價值。

「誰是杜甫？這詩也寫得太好了吧！」元稹開始翻遍了杜甫的詩集，發現杜甫的文風和自己所倡導的新樂府運動，強調詩歌的社會功能是不謀而合，就越來越喜歡杜甫了。

回頭來看杜嗣業這邊，先人安葬，要立碑，要寫墓誌銘，可是杜嗣業沒錢又沒人脈，他聽說正在江陵當官的元稹是個大詩人，於是他帶著爺爺的詩，來到元稹面前，希望元稹能幫個忙，儘管希望渺茫，但也得試一試。

元稹一看到杜嗣業後大驚，竟然是自己心心念念偶像杜甫的後代，這實在是太巧了，彷彿冥冥之中有人牽線，元稹立刻答應了下來，於是就有了這一篇〈唐故工部員外郎杜君墓系銘並序〉。

這篇墓誌銘非常厲害，首先，元稹重新定位了杜甫的文學位置，給予杜甫高度評價，幫杜甫應援、打榜，元稹說杜甫：「上薄風騷，下該沉宋，言奪蘇李，氣吞曹劉，掩顏謝之孤高，雜徐庾之流麗，盡得古今之體勢。」意思就是說杜甫獨步古今，無人能敵。一口氣將杜甫捧到榜首大哥的位置，甚至認為比李白寫的詩還要好。

「時山東人李白，亦以奇文取稱，時人謂之李杜……誠亦差肩於子美矣」，講李白完全比不上杜甫。也就是從這篇墓誌銘之後，文學史上開始有了李杜誰最厲害的爭論。白居易是元稹的超級麻吉，兩個人的文學觀點很接近，白居易也推崇杜甫，對李白的評價偏低。

這篇墓誌銘更是重新將中國文學史的詩風的流變及沿革給整理了一番，不僅是墓誌銘，更是一篇乾貨滿滿的詩史，對後代人研究詩，有很大的幫助。

至於這篇墓誌銘有收錢嗎？當然沒有，而且當時元稹可是大老級別的人物，墓誌銘一出，大家都爭相去翻閱杜甫的作品，靠著這篇墓誌銘，杜甫從此名揚中國文學史，成為一代詩聖。

一生窮困潦倒，飯都吃不飽的杜甫怎樣也沒想到，他去世之後，為他寫墓誌銘的會是大名鼎鼎，官拜宰相的大人物元稹哪！

白居易VS元稹

白居易跟元稹結交數十年，感情非常好。元稹去世的墓誌銘當然由白居易來寫。

白居易非常思念這位好友，光是墓誌銘的名字就好長好長：〈故武昌軍節度處等使正議大夫檢校戶部尚書鄂州刺史兼御史大夫賜紫金魚袋贈尚書右僕射河南元公墓誌銘並序〉，將元稹生前的最高榮譽全都塞進標題裡，一口氣念完還很不容易。

墓誌名從元稹的生平開始，接著褒獎元稹的政績和文學成就。用的文字不矯情不做作，但每句都是重要的里程碑，以元稹死後「上聞之軫悼，不視朝」點出元稹的地位。也肯定元稹的文學成績「在翰林時，穆宗前後索詩數百篇，命左右諷詠，宮中呼為『元才子』，自六宮、兩都、八方至南蠻、東夷國，皆寫傳之，每一章一句出，無脛而走，疾於珠玉。」

最後一段也完全表露了白居易捨不得好友離去的心情：「嗚呼微之！年過知命，不謂之夭。位兼將相，不謂之少。然未康吾民，未盡吾道。在公之心，則為不了。嗟哉惜哉！廣而俗隘，時矣夫！心長而運短，命矣夫！嗚呼微之，已矣夫！」

白居易說：「微之呀！你雖然過了知名之年，不算短命，官做到了將相，也不算少，但卻無法完成你的理想和任務，實在非常可惜，這就是命運啊！」

這篇墓誌銘完成之後，元稹家要饋贈白居易奴僕、車馬、綾羅綢緞以及銀製馬鞍、玉帶等物，價值六七十萬錢，白居易極力拒絕，他完全不是為了錢來寫元稹的墓誌銘，他只是想在最後一程，好好送自己的老友而已，這些財物又怎麼能收呢？

但元稹家人還是三番兩次給他送去。白居易實在不得已，也只好接受下來，再轉贈給了一座寺廟了。

李商隱VS白居易

白居易很早就開始寫自己的墓誌銘了，以他當時的地位，他認為沒有一位後生晚輩能夠評價他，於是，他自己寫了一篇〈醉吟先生墓誌銘〉，在其中不僅敘述了自己的生平，而且交代了自己的身後事：

「我歿，當斂以衣一襲，以車一乘，無用鹵薄葬，無以血食祭，無請太常謚，無建神道碑。但於墓前立一石，刻吾《醉吟先生傳》一本可矣。」

要大家在他死後不用太鋪張浪費，簡單立一個石碑，刻下他自己寫的《醉吟先生傳》就可以了。

直到白居易遇到了李商隱後，決定拜託他重寫自己的墓誌銘！白居易和李商隱相差了四十一歲，可以說是忘年之交，而且兩人詩風大不相同，白居易以淺白通俗為特徵，李商隱則以幽深隱晦而著稱，但白居易卻喜歡李商隱喜歡得不得了，對他極盡推崇。

白居易曾當面對李商隱說，如果自己死後能夠投胎做他的兒子就好了。這簡直是超級迷弟的發言了吧！當然李商隱在白居易過世之後，真的就生了一個兒子，李商隱也喚作老白。但這個老白天資愚鈍，完全不像白居易就是了。

回過頭來說，指定李商隱寫自己的墓誌銘，這是對後輩的極大提攜。要知道，作為年輕晚輩的李商隱，能給文壇一代宗師寫墓誌銘，這簡直是白居易昭告天下：「我死之後，文壇就是這個李姓小子的了！」是一個名揚天下的機會。

不過李商隱寫的這篇墓誌銘〈唐刑部尚書致仕贈尚書右僕射太原白公墓碑銘並序〉中規中矩，敘事簡略，沒有過多的情感渲染，對於白居易的如日中天的文學成就，也簡單地以「姓名過海，流入雞林日南有文字國」帶過，在眾多的墓誌銘裡，算是平平無奇的作品。

李商隱死後，唐朝的文壇就與國運一樣地衰落了，文人接力寫墓誌銘的盛況也不復見了。

詞語百寶袋

一、落井下石：

本指別人掉入陷阱或井中，不但不相救，反而向他投擲石塊。比喻乘人危難時，加以陷害。語本唐．韓愈〈柳子厚墓誌銘〉。

例句：朋友有難，他不但不伸出援手，反而落井下石，實在不值得與他交往。

二、橫槊賦詩：

槊，音ㄕㄨㄛˋ。槊，長八丈的矛。橫着長矛而賦詩。指能文能武的英雄豪邁氣概，形容意氣風發的樣子。唐．元稹〈唐故工部員外郎杜君墓係銘〉：「曹氏父子鞍馬間為文，往往橫槊賦詩。」宋．蘇軾〈赤壁賦〉：「釃酒臨江，橫槊賦詩，固一世之雄也。」

例句：他不僅在體育競賽中表現出色，還是一個能夠橫槊賦詩的文學才子。

參考資料：《東華漢學》第三二期：183-212頁，東華大學中國語文學系華文文學系二〇二〇年十二月〈為生者而創造：唐宋墓誌銘文體特徵一隅〉黃自鴻。

《世新中文研究集刊》第六期：115-142頁，世新大學中國文學系二〇一〇年七月〈試論韓愈墓誌銘的抒情性書寫〉陳秋宏

第五章

超狂車車迷？蘇洵給孩子取名都有車

不知道父母們都是怎麼為孩子取名的呢？是算命算的，還是選自己喜歡的字和意思來命名？我家女兒和兒子的名字都是我取的，他們的名字裡都有陽光的意思，我希望他們一生都能走在燦爛的陽光裡。

名字飽含了父母對子女的期待和祝福，而且每個時代都有流行的字，這和當時的文化有關，非常有趣，有時候看一個人的姓名，就可以猜出他的年紀，也有很多撞名的問題，像是在臺灣，六〇、七〇年次我們這一輩，幾乎都會認識幾個怡君、雅雯、淑芬、冠宇、佳穎、家豪。

在古代也有菜市場名存在，每個朝代都有不同的取名「潛規則」及流行。

各朝代取名特色

從歷史紀錄來看，夏朝就有取名的習慣了，但只有君主和貴族有名，平民和奴隸大部分是沒有名的。商朝的君王則流行用「天干」來命名，這是因為他們相信天上有十個太陽輪流出現，這十個太陽的名，分別為「甲、乙、丙、丁、戊、己、庚、辛、壬、癸」，據甲骨文記載，商代子姓諸王的名，大部分都包含天干，像是太甲、小甲、祖乙、外丙、中丁、盤庚等……這種以天干結尾的稱號統稱為「日名」。而周朝延續了商朝的禮制，依舊保留天干命名法，另外還增加了「地支」。

不過先秦時期大部分的人替孩子取名，倒也不一定那麼嚴謹，有時候還很隨便，像是春秋時期鄭國第三任君主鄭莊公，其母親因為難產而替他取名為寤生（寤生就是難產的意思）；孔子出生時頭頂有個凹陷，像山丘一樣，所以叫作孔丘；晉成公出生當時屁股有塊黑色的胎記，於是被取名為姬黑臀。（也就是黑屁股的意思，這名字也太隨便。）

在漢朝有一本給小朋友學習識字的課本《急就篇》，裡面就記錄了漢朝人的一百個常用名，包含平定、敢當、漢強、滅胡、猛虎、辟疆等，漢朝開國元勳之一張良的兒子就叫作張辟疆。

大家讀《三國演義》或《三國志》時不知道有沒有發現，那時的人幾乎都取單名，像是劉備、曹操、關羽、張飛等……幾乎都沒有雙名。那是因為西漢末年，王莽篡位建立新朝後，修改制度時，在《公羊傳》裡發現一句話：「譏二名，二名非禮也」。於是他下令國家內不得有「二名」存在，還特定寫信要求匈奴必須改名。

從那時單名的習慣就一直沿用到東漢，三國時代更是單名的巔峰。這種狀況一直到南北朝才有所改善。

值得一提的是，魏晉南北朝時期，有很多女性名字喜歡取虎字，譬如孫大虎，孫小虎（孫權兩個女兒），王丹虎（王羲之的堂妹），王丹虎媽媽叫夏金虎，赫連悅（北魏大臣）的夫人劉虎兒，還有其它猛獸，比如謝石老婆叫諸葛文熊，她姐姐諸葛文彪。這種女性以猛獸為名的，是魏晉南北朝的特色，其他時代還真不多見。

有些古人取名受儒家思想影響，尤其漢武帝尊崇儒術以後，很多人想要做官，就會特別替孩子取個和儒家相關的名，像是東漢的陶謙、三國時期的陸遜以及曹魏名將曹仁。另外，唐朝時期還流行從《論語》裡為名，像是武則天的姪子武三思，其名就出自〈論語・公治長〉的「三思而後行」；平定安史之亂的名將段秀實，其名則出自〈論語・子罕〉的「秀而不實者有矣夫」。

古人的名或字也常看到伯仲叔季這四個字，這是指家中排行。伯、仲、叔、季，依序排下來，就是老大、老二、老三、老四，老大除了「伯」之外，也可以稱為「孟」，像是哭倒長城的孟姜女，孟姜女不姓孟，她姓姜，孟是她的排行，孟姜女的意思就是她是姜家的大女兒；封神演義裡的伯邑考的伯也是老大的意思。另外還有一位名人孔子，他排行老二，所以孔子的字是「仲尼」。

人間才子製造機蘇洵，這樣取名

而唐宋八大家之一的蘇洵，生了兩位不得了的兒子，蘇軾和蘇轍，堪稱人間才子製造機。他又是怎麼為兩個兒子取名的呢？蘇洵寫了一篇〈名二子說〉，說明兩個兒子名字的由來。

「輪輻蓋軫，皆有職乎車，而軾獨若無所為者。雖然，去軾則吾未見其為完車也。軾乎，吾懼汝之不外飾也。天下之車，莫不由轍，而言車之功者，轍不與焉。雖然，車僕馬斃，而患亦不及轍，是轍者，善處乎禍福之間也。轍乎，吾知免矣。」

蘇軾的軾，指的是車子的扶手。而蘇轍的轍，則是車輪壓過的痕跡。

翻譯：車輪、車輻、車蓋、車軫，在車上都各有職能，而唯獨車的扶手好像是沒有用處的。但如果去掉扶手，那麼我們看見的就不是一輛完整的車了。軾啊，我擔心的是你不會掩飾自己的內心。天下的車子都會跟著前面車子的痕跡走，而談到車子的功能，車輪的痕跡也從來不參與。雖然這樣，遇到車翻馬死的災難，禍患也從來波及不到。因此轍，是善於處在禍福之間的。轍啊，我知道你是可以免於災禍的。

我非常喜歡這篇文章，因為從文章中看得出蘇洵對兩個兒子個性深刻的了解，蘇軾外放，蘇轍內斂。而且當時寫這篇文章的時候，蘇軾才十一歲，蘇轍八歲，蘇洵卻能對兩個兒子的未來做出非常準確的預言。

我總是非常好奇他們三父子平日相處的模樣，因此忍不住亂改編了蘇洵的〈名二子說〉，想像他們的性格會說出的話，希望給大家帶來一點樂趣。

→ 蘇洵

蘇洵，唐宋八大家之一。
是蘇軾和蘇轍他爸。父子三人被稱為「三蘇」。「一門父子三詞客，千古文章四大家。」

兒子們，你們將來要互相扶持，知道嗎？

→ 蘇轍

唐宋八大家之一，字子由，蘇洵之子、蘇軾之弟，也可說是哥哥的守護者，人稱寵哥狂魔。

父親大人，孩兒知道了！

→ 蘇軾

唐宋八大家，字子瞻，號東坡居士，人見人愛，花見花開的蘇東坡。散文、詩、詞、賦均有成就，且善書法和繪畫，是文學藝術史上的通才，也是公認韻文散文造詣皆傑出的大家。

爸，弟弟說他知道了。

……

……

今天叫你們兩個來也沒什麼事。

想說該給你們取個名字了。

→

〈六國論〉是蘇洵政論文代表作品。三蘇都寫過〈六國論〉，但只有蘇洵六國論收錄在高中課本，導致後代學生都要含淚背它。

父親畢竟是寫了〈六國論〉的大文豪。

想必能為我們兄弟倆取個響亮的名字。

（期待）

←
軾：車廂前面用作扶手的橫木。古人的車廂沒有座位，人只能站立車上，為防跌倒，車廂前安有一根橫木，這根橫木就叫軾。

老大，你叫車扶手。

……

←
蘇洵考了兩次科舉都沒上，還寫了一首詩自嘲：「莫道登科易，老夫如登天。莫道登科難，小兒如拾芥。」

（名字取這麼爛，難怪科舉都沒考上。）

←
原文：而軾獨若無所為者。雖然，去軾則吾未見其為完車也。

扶手看似沒有用，但沒有它，車子也不完整了。

←
原文：軾乎，吾懼汝之不外飾也。

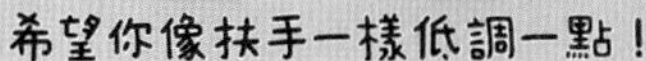

希望你像扶手一樣低調一點！

←
沒見過這麼有名的車扶手！蘇軾一生豪放不羈，鋒芒畢露，確實「不外飾」，結果屢遭貶斥，險致殺身之禍。

（結果成為舉世聞名、超級閃亮的車扶手！）

→
轍：車輪碾過的痕跡。

老二，你叫車輪坑。

抗議！我叫做車扶手就算了。

弟弟怎麼可以叫做車輪坑呢？太不好聽了！

→
兄控。

（我就知道哥哥對我最好）

你行！那弟弟要叫做什麼？

→
這是我編的，不要當真。

車輪餅。

→
蘇東坡在詩作中以老饕自居，對於烹調及品嘗美食有濃厚興趣，還會自己釀酒，堪稱古代文學家中的大吃貨。

你這吃貨！整天只想著吃！

我取這名字是有道理的。

25
←
原文：天下之車，莫不由轍。

天下的車子都是跟著車輪坑走的。

26
←
原文：雖然，車仆馬斃，而患亦不及轍。

車翻了，跟車輪坑沒有關係。

27
←
原文：是轍者，善處乎禍福之間也，轍乎，吾知免矣。

弟弟呀！我知道你跟車輪坑一樣可免於禍害！

28
←
只可惜哥哥大嘴巴。
蘇軾：竹杖芒鞋輕勝馬，誰怕？
蘇轍：我！
蘇轍一生沖和淡泊，深沉不露，在當時激烈的黨爭中雖遭貶斥，但終能免禍，還曾做到宰相，得以悠閒安度晚年。

（弟弟唯一的禍害是多嘴的哥哥。）

國學小常識

一、三蘇：

一家三父子，都是大文豪，蘇家父子三人，被人們合稱為「三蘇」，當時即有「蘇氏文章擅天下」「眉山有三蘇，草木皆盡枯。」的美譽。

人物	關係	字	號	著作
蘇洵	父	明允	老泉	嘉祐集
蘇軾	兄	子瞻	東坡居士	東坡全集
蘇轍	弟	子由	潁濱遺老	欒城集

二、天干地支：

天干和地支合稱干支。十天干分別是甲、乙、丙、丁、戊、己、庚、辛、壬、癸。十二地支是子、丑、寅、卯、辰、巳、午、未、申、酉、戌、亥。天干和地支組合便成為以「甲子」為首的六十干支循環。

十二地支和現今時間、生肖的對應關係如表。

十二辰	時間	生肖	陰曆月分
子	23時至01時	鼠	11月
丑	01時至03時	牛	12月
寅	03時至05時	虎	1月
卯	05時至07時	兔	2月
辰	07時至09時	龍	3月

巳	09時至11時	蛇	4月
午	11時至13時	馬	5月
未	13時至15時	羊	6月
申	15時至17時	猴	7月
酉	17時至19時	雞	8月
戌	19時至21時	狗	9月
亥	21時至23時	豬	10月

第六章

蘇轍的小煩惱，我的哥哥是偶像

手足太有名是一種怎樣的困擾？弟弟前陣子到姊姊的國中打球，回來跟我抱怨：「姊姊太有名了，那些跟我打球的大哥哥們，都不是真心想打球，都跑來問姊姊的事情！」

沒事！我安慰弟弟：「你這個煩惱就跟蘇轍一樣啦！」

蘇轍，唐宋八大家之一，但最有名的，還是他哥哥蘇軾。

宋遼兩國自從簽訂了澶淵之盟之後，雙方即經常派遣使節進行交聘的活動。以宋代的使節任務來說，其中有一項即是擔任賀生辰國信使，前往遼國祝賀遼皇帝或遼太后的生日，簡稱為生辰使。

當年蘇轍五十一歲，便擔任此重大任務，出使遼國祝賀遼道宗的生日，結果意外發現自己的哥哥在遼國超受歡迎！

他住進遼國館驛（飯店），抬頭一看，牆上都刻有哥哥蘇軾的詩，書店裡還販賣各種蘇軾的詩集，長年占據暢銷書榜首，連剛刊印好的《眉山集》都有盜版！

狂熱的遼國粉絲一聽到蘇大學士來訪，紛紛擠到飯店大廳，各種站姊追星族、迷妹迷弟都包圍了蘇轍的住處。

（以下想像對白）

頭號粉絲：「您就是寫『大江東去，浪淘盡，千古風流人物』的蘇大學士嗎？」

站姊：「您就是寫『十年生死兩茫茫，不思量，自難忘』的蘇學士吧？能不能幫我簽個名？」

迷弟迷妹：「我好喜歡您寫的『一點浩然氣，千里快哉風』，蘇大學士我愛您！」

追星族：「我讀了您的『會挽雕弓如滿月，西北望，射天狼』後跑去學射箭了，您啟發了我，是我生命的貴人。」

蘇轍：「我是他弟弟……」

「切！」「浪費我時間。」「剛剛就覺得怪怪的，想說本人應該很帥。」

「阿弟請幫我轉交這份禮物給蘇大學士。」眾人一哄而散。

蘇轍為了這件事，忍不住寫了一首詩跟哥哥抱怨：

誰將家集過幽都，逢見胡人問大蘇。
莫把文章動蠻貊，恐妨談笑臥江湖。

翻譯：是誰這麼紅啊？文章都紅透北半邊天了。我只要遇見胡人，他們都一直跟我打聽我家大蘇軾的事情。大哥啊，不要再用你的文章去撩番仔了啦！不然我在這個江湖上都不用混了。

其實蘇軾也曾經被朝廷派任出使遼國當生辰使，但蘇軾以自己年老遲鈍推辭了，他都沒想到自己原來在北方有這麼龐大的親衛隊和粉絲後援會。當然也不會想到幾百年之後，他的魅力還是影響超多人，成為不朽的傳說。

我的天才哥哥

蘇轍一直是蘇軾最親密的夥伴。他們之間的關係超越一般家人，更是精神上最契合的伴侶。

小時候蘇轍總是追在哥哥的後面，他想要追上哥哥，卻始終追不上，追著追著，似乎變成了一道哥哥的影子。

蘇軾的光芒太耀眼，他的個性外放活潑，而且很早就顯露出他的才華。作為天才的弟弟，蘇轍是知道的，他收起與哥哥比較的心，向內安頓自己，因此蘇轍的個性越內斂穩重。

兩兄弟一動一靜，個性互補，名臣張方平小時候看過蘇氏兄弟，他評價說：「這兩個孩子都是天才，蘇軾聰明活潑，才智過人，但是性格穩重的蘇轍，一生成就可能會超過哥哥。」

過了幾年，父子三人來汴京趕考，兄弟倆一起考中進士，而蘇軾更是得到當年的榜眼，讓歐陽脩大力讚美，一舉成名。老父親蘇洵也跟著走紅。人們說，眉山蘇氏出天才了。他們反覆討論老蘇怎樣厲害，大蘇怎樣天才，夾在中間的蘇轍，討論度低，又一次做了影子人。

蘇軾後來去鳳翔做官了。蘇轍日夜思念兄長，他寄給哥哥一首詩，哥哥也回了他一首：「人生到處知何似，應似飛鴻踏雪泥。泥上偶然留指爪，鴻飛那復計東西。」〈蘇軾．和子由澠池懷舊〉

這是蘇軾最有名的詩之一，所有討論蘇軾的作品都不會漏掉這一篇佳作。這首詩好在哪裡呢？除了字句之外，更是那天才的意象：「雪泥鴻爪」，蘇軾對於人生際遇有一種深刻體悟，他覺得人生就像飛雁踏過雪地留下的爪印一樣，是那麼偶然，鴻雁飛走後，沒有人知道牠的去向。也就是說人世間的遇合都是偶然而無常的。這四個字，甚至成為了經典的文學用語。

有的人從中體會出，既然人生這樣無常，那麼更應該把握當下，什麼都去努力，才不枉走這一遭。也有人認為，既然最終都是歸於虛無，那麼就不用太在意那些世俗的成就，只要活得盡興就好。

蘇轍畢竟是懂詩的，他讀到這詩之後，只怕會比我們更拍案叫絕。同時他也感到一些難過，從仕途到寫詩，他全方位落後於兄長了。

但是蘇軾卻不這麼想，他覺得自己的弟弟非常優秀，這世間上也只有弟弟能夠懂他，理解他。甚至還說蘇轍的詩文有自己到不了的境界，能夠與自己文章比肩的，也只有子由。

蘇轍，哥哥的守護者

元豐二年七月，烏臺詩案，蘇軾受政敵危害，被關進了御史臺，那是關押重犯的地方，大家都說大蘇這次肯定難逃一死。

蘇轍聽到消息雖然心急如焚，但他的個性沉穩，思慮周詳，他先想辦法將兄長一家老小接來，安頓在自己的家中，同時也給皇帝上書。

蘇轍寫的〈為兄軾下獄上書〉是經過縝密的思考而寫的，裡面不為蘇軾平反，而是先動之以情，說自己從小與蘇軾相依為命，有深厚的手足之情，再解釋蘇軾個性狂狷寡慮，比較衝動欠缺思考，所以才會犯下這個錯，但現在已經痛改前非，不會再犯了，最後哀求願意用自己的官職前途換兄長一條命。

宋神宗看完後也深受感動，終於赦免蘇軾，只是活罪難逃，蘇軾仍被貶至偏遠的黃州。蘇轍也受到牽連，被貶至筠州。

蘇轍在筠州五年，認真工作向朝廷表明他的真心，同時也寫出了他這一生最好的詩，最好的文。但人在黃州的哥哥，寫出大江東去浪淘盡，寫出了也無風雨也無晴，寫出了揀盡寒枝不肯棲，寂寞沙洲冷。那根本就不是凡人能追得上的呀！

蘇轍讚嘆著哥哥的才華，想著自己也許就這樣在筠洲過了一生，但名臣張方平的預言很快實現，比哥哥更內斂沉穩的子由，將向世人展現他的政治生涯最高成就。

鐵腕副宰相

年輕的神宗皇帝突然去世，十歲的小皇帝哲宗繼位，高太后垂簾聽政。高太后厭惡新黨及王安石，於是大刀闊斧決定掃滅新黨。她開始任用司馬光為宰相，舊黨成員紛紛被召回，其中也包括蘇軾蘇轍，蘇家兄弟的機會終於來了。

蘇軾被任命為翰林學士，負責起草詔書，蘇轍擔任七品官的右司諫，官位雖不高，但可上書勸諫。司馬光對蘇軾寄予厚望，他希望借助這位文壇領袖之手，將舊黨的意志貫徹朝野。

這時新黨的勢力仍然強大，想要打倒新黨仍需要更多力量，可惜蘇軾並沒能符合司馬光的期待，他覺得新黨的變法也有些不錯的理念，不需要趕盡殺絕。

一貫沉默內斂的蘇轍挺身而出，完全掩蓋了蘇軾的鋒芒。蘇轍抓緊這個機會，一吐他悶了許久的怨氣，他亮出了如刀的心性，短短半年上書七十四篇，以激烈言辭和狠辣作風一舉清算新黨，滿朝震驚。

又因為蘇轍的個性內斂，行事小心，沒有人能抓到他的任何把柄，只能眼睜睜看著他一個一個殲滅新黨成員，蘇轍展露的才幹與鐵腕深得高太后青睞，官位扶搖直上，五十四歲這一年，他成為了大宋的副宰相。

蘇轍再也不是三蘇之中的那個影子人，小透明，他的政治成就比哥哥父親都高，正是印證了張方平所說的：「性格穩重的蘇轍，一生成就可能會超過哥哥。」

夜雨對床

人生起起伏伏，八年過去了，高太后去世。小皇帝哲宗拿回政權，他堅決不走媽媽的路，而要全面恢復新法，將被貶多年的新黨大老重新召回汴京，並委以大權。

新黨許多人當年曾經遭到蘇氏兄弟的清算，如今總算找到機會復仇，他們將兩兄弟往死裡貶，蘇轍一連被貶三級，蘇軾也被貶到蠻荒之地嶺南。

從這之後，蘇軾和蘇轍便進入了另一個離合循環之中，貶、再貶，兄弟聚少離多。

最後一次兄弟會面是紹聖四年，蘇軾被貶海南島儋州，而蘇轍則被貶雷州。在被貶的路上，五十九歲的蘇轍與六十二歲的哥哥在藤州相遇。他們似乎知道此生能陪伴彼此的時間越來越少了，於是兩人走得非常慢，一直走到蘇轍的貶謫地雷州，蘇軾將從這裡跨海前往海南。

蘇轍又一次看著兄長遠去的背影，他想起小時候總是跟在哥哥背後，像哥哥的一道影子，但此刻，他既不是他的影子，也不是他可以依靠的守護者，他們只是一對年老無望的老人。

蘇軾一生有兩大心願，就是為社稷「致君堯舜」和跟弟弟「夜雨對床」。可惜，這兩個心願都不能實現。直到臨終前他仍說：「惟吾子由，自再貶及歸，不及一見而訣，此痛難堪。」

蘇軾離世之後，蘇轍被朝廷召回，時代已然向前走，新舊黨爭也已落幕。蘇轍選在潁昌養老，他為哥哥寫了很長很長的墓誌銘，作為對敬愛的哥哥最後告別，這也是蘇轍最棒的作品之一，我們熟知的蘇軾的故事，都是出自於蘇轍的這篇墓誌銘。

蘇轍將哥哥的家人接來穎昌，帶領兩百多人的大家族一起生活，從此他只是家族的長者，悉心照顧子姪們讀書做學問，而跟他同一輩的文人也都離去，歐陽脩、王安石、曾鞏都走了，蘇轍像是被遺落的名家，看著軟弱的徽宗無力撐起大宋，他什麼也不能做。

蘇轍於七十四歲這一年去世，他叮囑孩子們把他葬在蘇軾旁邊。他想起哥哥二十多歲跟他約定歸隱之後要夜雨對床，但這一生卻始終沒有機會，總是被命運之手給折磨、給翻覆，終生顛沛流離，生時無法好好相聚，直到死後才可以比鄰而居，完成那好早好早以前的約定了。

國學小常識

中文裡有許多親屬之間稱呼，因為對象及情境不同，用法也不一樣，分為自稱與尊稱，有幾個原則：

一、家：稱呼自己家中的長輩

二、舍：稱呼自己的卑幼、親戚

三、小：稱呼自己的兒孫

四、先：稱呼自己已死尊長

五、尊：稱別人的妻室、尊長

六、令：稱呼別人的尊長、師長、卑幼、親友

常用的親朋稱呼表整理如下：（參考來源：《國語辭典簡編本》）

身分	稱呼	對人自稱	對人尊稱	歿後對人自稱	歿後對人尊稱
父	爸爸、父親	家嚴、家君、家父	令尊、尊翁	先父、先君、先考	令先君
母	母親、媽媽	家慈、家母	令堂、尊堂、尊萱	先母、先慈、先妣	令先堂
父之父	祖父、爺爺	家祖父	令祖父	先祖、先大父、先祖考	令先祖、令祖考
父之母	祖母、奶奶	家祖母	令祖母	先祖母、先大母、先祖妣	令先祖母、令祖妣
母之父	外祖父、外公	家外祖父	令外祖父	先外祖父	令先外祖父
母之母	外祖母、外婆	家外祖母	令外祖母	先外祖母	令先外祖母
兄	哥哥	家兄、愚兄	令兄		
弟	弟弟	舍弟，愚弟	令弟		
姊	姊姊	家姊	令姊		
妹	妹妹	舍妹	令妹		

夫		拙夫、外子	尊夫君		
妻		內人、內子、拙荊、賤內	尊夫人、嫂夫人、尊閫		
子		小兒、小犬	令郎、令公子		
女		小女	令嬡、令愛		

對象	舉例
自己	敝人、不才、在下、鄙人
敝：稱呼自己的師友、居住地方	敝業師、敝友、敝校
寒：稱呼自己的家	寒舍
寶：稱呼別人的商店	寶號
貴：稱呼別人的住宅、學校、朋友	貴宅、貴校、貴友

參考書籍：蔣武雄，蘇轍使遼始末（東吳歷史學報第十三期，民國九十四年六月）頁17-43

卷四

人生態度百百款，做自己最派！

第一章

六朝搖滾男子天團——竹林七賢

女兒正在準備國文段考，念到六朝志怪小說時，問我竹林七賢都在幹嘛。

我說：「喔，啊就吸毒、玩重金屬、酗酒、唱歌、玩樂器、裸奔、飆車、翻白眼、打鐵、讀書、絕交。」

女兒：「……」

竹林七賢是指魏末晉初的七位名士：山濤、阮籍、劉伶、嵇康、向秀、阮咸、王戎。這名稱最早出現於東晉孫盛《魏氏春秋》：「（嵇）康寓居河內之山陽縣，與之游者，未嘗見其喜慍之色。與陳留阮籍，河內山濤，河內向秀，籍兄子咸，琅邪王戎，沛人劉伶相與友善，游於竹林，號為七賢。」

因為總共有七個人，又都在竹林裡活動聚會，所以湊一湊變成一團，就成了竹林七賢，這個團名在〈晉書．嵇康傳〉及〈世說新語．任誕〉都有出現，可見是當時非常知名的男子天團。

竹林七賢的行為看似放蕩，荒唐不羈，但其實都是在對抗當時政治的混亂還有司馬家勢力及壓迫，不得不做的選擇，也因為他們對於生命的堅持，所以才會被稱為「賢」。這七位名士都各有特色，擅長的技能也都不同，接下來就來為各位一一介紹。

竹林七賢顏值擔當：嵇康

在竹林七賢裡能站C位的靈魂人物，當屬嵇康。

他有絕美顏值。《晉書》記載，嵇康「有奇才，遠邁不群。身長七尺八寸，美詞氣，有風儀，而土木形骸，不自藻飾，人以為龍章鳳姿，天質自然。」

〈世說新語．容止〉也說：「嵇康身長七尺八寸，風姿特秀，見者嘆曰：

『蕭蕭肅肅，爽朗清舉。』或云：『肅肅如松下風，高而徐引。』」

長得高，大約一百八十八公分，氣質好，風度翩翩，不用特別裝扮，就超級帥！一般來說，女人誇男人帥很常見，男人看到帥哥，只會酸言酸語或視而不見。但嵇康的帥，是連男人都不得不臣服，人家是帥到沒朋友，但嵇康是帥到朋友一直誇，他的好友山濤說：「嵇叔夜之為人也，岩岩若孤松之獨立；其醉也，傀俄若玉山之將崩。」

嵇康平時就像挺拔的松木，而他喝醉的時候，就如同一座玉山緩緩傾斜。

魏晉時代非常喜歡用「玉」來形容美男子，因為玉看起來白淨溫潤，那時代男性審美就是皮膚要白，要乾淨。可以想見嵇康的皮膚也如同玉一般白皙透明，加上他身材又像山那般高大，醉倒的姿態不但不狼狽，還像玉山一樣緩緩傾倒，那是多麼優雅又迷人。

順便一提，魏晉有名的美男子何晏皮膚也很白。《世說新語》記載：「何平叔美姿儀，面至白。魏明帝疑其傅粉，正夏月，與熱湯餅。既啖，大汗出，以朱衣自拭，色轉皎然。」

何晏長得非常俊美，皮膚又白，魏明帝懷疑他偷偷化妝，於是在大熱天給他吃熱湯餅，想說這樣他的妝就會花掉了（魏明帝見不得人家帥）。何晏喝完後滿頭大汗，於是用衣服擦汗，臉變得更紅潤白淨，又更帥了。可見何晏的皮膚多麼好，好到被懷疑化妝。

有次嵇康去採藥，砍柴的樵夫看見他，還以為自己遇到神仙：「有神快拜！」馬上就地跪拜！可以看出嵇康就是這樣一位自帶仙氣，身材挺拔，長相俊秀的超級美男子。

除了帥之外，嵇康還很有才華。唐代畫家張彥遠說他「能屬詞，善鼓琴，工書畫，美風儀」。

文章寫得好，又會彈琴，他的〈聲無哀樂論〉，更是中國音樂史上，非常重要的音樂評論文章。也很會畫畫，幾乎無所不能，是全能型才子。而且他的家世也很好，父親是國家圖書館的管理員，哥哥也是國家官員，嵇康的老婆還是曹操的外孫女長樂亭主。

這樣一位顏值、才能、出身好的全能型偶像，自然有非常多的迷弟迷妹。

有一個叫做趙至的小迷弟，自從見了嵇康一面，再也沒能忘掉嵇康容顏，他茶不思飯不想，天天吵著要去看嵇康，後來狂走五里三里，終於追到嵇康，拜嵇康為師。

另外還有一個迷弟鍾會，他也很仰慕嵇康，他想在偶像的心中留下深刻印象，於是寫了一篇得意之作，讓嵇康指點一下，但鍾會實在有點害羞，他在門口躊躇了許久，最後將文章丟進嵇康的屋子裡，自己撒腿跑了。

嵇康大概只會覺得那是發傳單的工讀生吧？

鍾會一直沒有得到偶像的回覆，覺得自己被無視了，心中難過，下定決心有天一定要給嵇康好看。

後來鍾會投靠了司馬氏並得到了重用，官居高位，地位顯赫。這次鍾會想，我已經不是當年的小透明，嵇康總不會看不起自己了吧。於是他穿了華服，騎著馬，帶著一群名士，浩浩蕩蕩一群人拜訪嵇康。

嵇康那時候忙著打鐵，還是沒有理會鍾會。

鍾會從此由愛生恨，黑粉的怨恨是很恐怖的，既然得不到你，那就毀了你！他跑去勸司馬昭殺掉嵇康：「而康上不臣天子，下不事王侯；輕時傲世，不為物用；無益於今，有敗於俗。」

嵇康這麼傲慢，都不來為朝廷效用，實在是個沒有用的人，還舉例說明以前的聖賢之人姜子牙和孔子也同樣殺過不服管教的人：「昔太公誅華士，孔子戮少正卯，以其負才亂群惑眾也。今不誅康，無以清潔王道。」

於是司馬昭被說動了，找了個理由下令處死嵇康。

然而嵇康不愧是天團之首，他入獄立即在社會上引起巨大反響，許多豪傑名士紛紛表示願與之一同入獄，他的強大後援會太學生三千人聯名為他說情，然而此舉更加深司馬昭殺嵇康的決心。

行刑當天，有許多人為嵇康送行，每個人都非常哀戚難過。

嵇康神色自若，他望向滿滿人群，又看了看太陽的影子，知道離行刑還有一段時間，他問了哥哥嵇喜：「我的琴帶來了嗎？」嵇喜連忙將琴拿給嵇康，嵇康拿著琴，翩然走向刑場正中央，騷動的人群瞬間安靜下來，

嵇康開始演奏那「一鼓息萬動，再弄鬼神泣」的〈廣陵散〉。

這是嵇康最初也是最後的演奏會了，他用琴聲向現場的粉絲們道別，在場的人無不屏氣凝神仔細聆聽，大家都明白，每個音符，每個瞬間都不會再重來，只能成為絕響。

曲罷，嵇康嘆口氣說：「當年，袁孝尼曾拜託我教他這首曲子。但我沒答應，如今〈廣陵散〉從此只能失傳了。」

世間縱有千萬曲，從此人間再無〈廣陵散〉。

這一年，嵇康三十九歲。

過了許久，人們漸漸淡忘此事，天下也早已經是司馬家了，有一天洛陽引起騷動，有個人興沖沖跑來跟司徒王戎說：「昨於稠人中始見嵇紹，昂昂然如野鶴之在雞群。」

昨天我在人群之中看見嵇紹（嵇康的兒子），風度翩翩，身材挺拔，好像鶴立在雞群一樣！

曾經的竹林七賢，早已歷經滄桑的王戎只能淡淡笑著說：「你覺得他帥，是因為你沒見過他父親。」

酗酒飆車翻白眼：阮籍

阮籍與嵇康，是竹林七賢的兩個臺柱，但嵇康隨心所欲，想做什麼就做什麼，阮籍相比之下卻有點迂迴，他不會正面表達他的不滿，處事態度和嵇康是兩個極端。

他的家世背景很不錯，父親阮瑀是偉大的文學家，也是另一個天團「建安七子」的成員之一，曹操非常喜歡阮瑀，三番兩次請阮瑀出來做官，都被拒絕，於是曹操只好放火燒山，這才逼出阮瑀，勉強答應。（這是什麼迷惑操作？）

阮籍出身文學世家，會寫文章，他最出名的作品是《詠懷詩八十二首》，在文學史上有非常重要的地位。而他也精通音樂，會彈奏會作曲，這樣一個有影響力，家庭背景又好的大才子，自然會有很多人邀請他做官，但阮籍沒有仕宦的野心，不是推辭，就是上任不久後馬上辭掉，他只想歸隱山林，寫寫文章，彈彈琴。

天下過了不久後由司馬家掌權，司馬懿邀阮籍任職，表面上是邀請阮籍做官，但實際上則是一種試探，看阮籍是否願意歸順司馬家，阮籍明白自己若是拒絕，司馬家絕對不會放過他們一家人。

於是阮籍只好答應，但儘管阮籍當了司馬家的幕僚，卻不願違背自己的心意，他不想成為殘暴司馬家的幫凶，也不願背上罵名，但為了活著，卻又不得不屈服在整個司馬家的勢力下。

他痛苦又茫然，只好藉著一些荒唐的行徑來抒發，他常常自己駕著馬車出門飆車，要去哪裡，他也不知道，完全任憑馬兒狂奔，一直跑一直跑，跑到前方無路為止，阮籍就下車痛哭。

〈晉書．卷四九．阮籍傳〉：「時率意獨駕，不由徑路，車跡所窮，輒慟哭而反。」

翻譯：人生好像不是自己的，也找不到路可走，只能面對這塵世萬物，心痛大哭。

司馬懿死後，司馬昭上位，他也想拉攏阮籍，於是想讓自己的兒子娶阮籍的女兒。但阮籍並不願與司馬家有任何關係，也不願自己的女兒成為政治下的犧牲品，於是他開始酗酒，把自己灌得酩酊大醉，讓前去說媒的人都無法跟他溝通。阮籍就這樣酗酒整整六十天，喝到最後，司馬昭也無話可說，只好作罷。

〈晉書．卷四九．阮籍傳〉：「文帝初欲為武帝求婚於籍，籍醉六十日，不得言而止。」

想想看，就算一個人再怎麼喜歡喝酒，但要大醉六十天，這實在非常傷身，也很痛苦。

阮籍這一生一直在對司馬家做最消極的抵抗，他的〈詠懷詩〉這樣寫：「人生若塵露，天道邈悠悠。」意思是我們每一個人，生活在這個世界上，就如同塵土就如同朝露，很快地就會消失，而天道呢它是永恆的。

阮籍理解了我們終將不過是塵土、朝露，所以那些痛苦、絕望和茫然，也終將會過去。於是他選擇了最迂迴的方式活在這世上，像嵇康一樣慷慨赴死是一種選擇，但能接受人世間痛苦無奈的一切，也需要活著的勇氣。

同場加映，阮籍的青白眼

阮籍不會用言語直接地表達對他人的好惡，但會用表情說明一切。最有名的就是阮籍的青白眼，青眼就是黑眼珠，他會以青眼面對自己欣賞的人，以白眼面對討厭的人。

〈晉書・卷四十九・阮籍傳〉：「籍又能為青白眼，見禮俗之士，以白眼對之。及嵇喜來弔，籍作白眼，喜不懌而退。喜弟康聞之，乃齎酒挾琴造焉，籍大悅，乃見青眼。」

翻譯：阮籍母親去世時，嵇喜來弔唁，阮籍向來討厭嵇喜，見嵇喜上門，根本不想理睬，索性翻起白眼。嵇喜當然不高興，很快就走了。不久，嵇喜的弟弟嵇康來了，嵇康是阮籍的好朋友，還帶著琴和酒，阮籍看到他很開心，就以黑眼珠看他。

山濤我不跟你好了啦！

在竹林七賢裡，山濤的知名度不如嵇康、阮籍。他才華不出眾、行事也很低調，最為人知的事蹟，大概就是結交了嵇康、阮籍二位好朋友。

〈世說新語．賢媛〉：「山公與嵇、阮一面，契若金蘭。」三個人的感情，好到連山濤的妻子韓氏都感到意外。山濤也曾對老婆說：「我這輩子最好的朋友，也只有這兩個人了！」

然而最後嵇康卻寫下了那封歷史知名的〈與山巨源絕交書〉，還讓山濤背上了千古罵名，這是為什麼呢？其實嵇康並不是真心與山濤絕交，而是藉著這封信，表明自己的不願做官心志。

山濤四十歲才開始做官，後來司馬昭上位，山濤也跟著升官，於是山濤向朝廷推薦嵇康，來接替自己的原職。山濤明明就知道嵇康不願意踏入官場，卻又舉薦嵇康，這不是很矛盾嗎？其實山濤這樣做，很大的可能是為了要保護嵇康，因為當時以司馬昭的狠毒，若不加入司馬氏集團，就有機會被司馬氏所殺。

然而嵇康拒絕了，並寫下了〈與山巨源絕交書〉。

前年從河東還，顯宗、阿都說足下議以吾自代，事雖不行，知足下故不知之。足下傍通，多可而少怪；吾直性狹中，多所不堪，偶與足下相知耳。閒聞足下遷，惕然不喜，恐足下羞庖人之獨割，引尸祝以自助，手薦鸞刀，漫之羶腥，故具為足下陳其可否。

嵇康抱怨山濤的「不知己」，認為山濤推薦自己，就像廚師下廚，非要拉祭師幫忙一樣，讓他沾染官場的腥羶汙穢。

他用很大的篇幅闡述拒絕做官的理由，也在信中譏諷了司馬氏的禮教政治。這封絕交書，在當時視為嵇康與司馬氏抗爭的宣言，也為他埋下了日後殺身之禍。

山濤大概也了解嵇康的個性，所以接到信之後沒有任何反應。他知道嵇康並不是真心與自己絕交，而是藉由這封絕交信，劃清與司馬政權的關係。

後來嵇康被陷害入獄，臨刑前，嵇康對十歲的兒子嵇紹說的：「巨源在，汝不孤矣！」有你山伯伯在，你不會是孤兒的。嵇康將自己的兒子嵇紹托給山濤，是對山濤最大的信賴和認可。

山濤代替了父親的角色，將嵇紹扶養長大，成為不輸他爸爸嵇康「卓卓如野鶴之在雞群」的翩翩少年，最後還推薦他出任祕書郎。

嵇紹也沒有辜負山濤伯伯的期望，他成為一名忠臣，在八王之亂時，以身體護住晉惠帝，在晉惠帝身上留下了斑斑血跡，當隨從要將衣服拿去洗時，晉惠帝說：「這是嵇侍中的血，不要洗去！」

打鐵人的小夥伴向秀

在竹林七賢中，向秀的記載最少，只能隱隱約約從嵇康打鐵的身影裡，知道他有一位一起打鐵的夥伴跟班，就是向秀。

〈晉書．向秀傳〉：康善鍛，秀為之佐，相對欣然，傍若無人。

嵇康善於打鐵，向秀就在旁邊幫忙，兩人相視而笑，這時眼中只有對方，彷彿旁邊沒有其他人存在。他和嵇康感情非常好，嵇康被政治迫害之後，向秀含淚寫下〈思舊賦〉，這也是向秀為數不多，流傳後世的作品。

余與嵇康、呂安居止接近，其人並有不羈之才。然嵇志遠而疏，呂心曠而放，其後各以事見法。嵇博綜技藝，於絲竹特妙。臨當就命，顧視日影，索琴而彈之。余逝將西邁，經其舊廬。於時日薄虞淵，寒冰悽然。

向秀在序文裡，回憶嵇康彈琴之模樣以及其臨死之時所彈〈廣陵散〉，最後以寒冰悽然作結，對政局時勢變化感到非常無奈。

他為了保全自己性命，也只能在嵇康走後，不得不入朝為官。

〈世說新語．言語〉：嵇中散既被誅，向子期舉郡計入洛，文王引進，問曰：「聞君有箕山之志，何以在此？」對曰：「巢、許狷介之士，不足多慕。」王大咨嗟。

司馬昭還故意派人問他「聽說你想要隱居，為何留在朝野做官？」向秀只能回：「像巢父、許由這種孤高自傲的隱士，沒什麼好效法追慕的。」

（箕山之志：傳說堯想讓位給巢父、許由，他們不欲接受，隱居箕山。）

向秀知道，只有講出違心之論，才能保全自身及家族的安危。他和阮籍一樣，消極地活在世上，直到日薄虞淵，寒冰悽然。

內褲過大的劉伶

劉伶非常愛喝酒，甚至可能已經到了酒精成癮的地步了。而且愛酒愛到什麼程度呢？他甚至寫了一篇〈酒德頌〉，來歌頌酒的美好。

但他老婆實在受不了他這樣每天飲酒，什麼事都不管，有一天他老婆把家中所有酒都倒光，把各種酒器都打碎，哭著求他：「你喝太多了啦！這樣對身體不好，一定要戒酒！」

劉伶說：「好，但我自己不能戒，需要請神來幫我。你快點幫我準備祭品來敬神，我在神明面前發誓，以後一定不喝。」

正當他老婆備好祭品酒水，劉伶就露出真面目，他說：「天生劉伶，以酒為名，一飲一斛，五斗解酲。婦人之言，慎不可聽。」然後就開始喝酒吃肉，又大醉了過去。

醉了如果安分一點也就算了，偏偏劉伶喝醉後就喜歡裸奔。現代學者研究，魏晉名士愛食五石散，還要搭配酒一起服用，嗑完之後身體會很熱，精神恍惚，這也許是劉伶愛裸露身體之因。

〈世說新語．任誕〉：劉伶恆縱酒放達，或脫衣裸形在屋中，人見譏之。伶曰：「我以天地為棟宇，屋室為褌衣，諸君何為入我褌中？」

翻譯：因為劉伶太愛在家中裸奔，有人看到了就笑他，劉伶說：「我以天地為家，這個房間則是我的內褲，請問你們為何擅自走入我的內褲？」

想想劉伶說得也有道理，人家內褲大了一點，到底關你們什麼事呢？

擁有絕對音感的阮咸

阮咸，是阮籍的侄子。他擅長樂器，尤其是琵琶，還改良當時的琵琶，後人把改造的樂器就以他的名字命名，稱之為阮咸。

他非常喜歡研究音律，甚至到了神解的地步。當時有一位叫做荀勖的官員，專門負責調整宮廷的音律，讓音律能夠遵從漢魏以來的音調，但阮咸聽過演奏之後，覺得音律不協調，應是當時荀勖用的尺與古代的尺長度不同所致。荀勖知道後很不高興，就藉故把阮咸調走，後來有一個農民耕田的時候，得到一把玉尺，發現這是周代用來校定音準的標準尺，荀勖試着用它來校核自己所調試的各種樂器的音律，發現都較標準尺短了一截，這才佩服阮咸的「神識」。

放到現代來看，阮咸簡直擁有「絕對音感」，這種能力不管學什麼樂器，或是作曲編曲都能很快上手，聽說莫札特、巴哈和貝多芬還有周杰倫等人有絕對音感呢！

鐵公雞王戎

王戎是竹林七賢的忙內（韓文老么的意思），也是我認為竹林七賢中最不像竹林七賢的人。一般都會覺得魏晉名士視名利為糞土，不做官、對錢也不感興趣，但王戎不一樣，他是七個人裡面最世俗的人，不僅做大官，位高權重，而且對於金錢非常計較，甚至到了極為吝嗇的地步。

〈世說新語．儉嗇〉：王戎有好李，賣之，恐人得其種，恆鑽其核。

翻譯：王戎家的李樹長出好吃的李子，所以他就拿來賣，但吝嗇的王戎想到，如果大家吃完後拿去種，那就沒有人來跟我買李子了。於是為了壟斷商機，他把自家的李子都鑽洞去核，讓大家拿不到果核。

其實這方法還蠻不錯的，吃的人也很方便，只是去核的動作不知道會不會很耗時耗力，也要考量到人事成本啊。

〈世說新語．儉嗇〉：王戎儉吝，其從子婚，與一單衣，後更責之。

翻譯：王戎的姪子結婚了，王戎就送他一件薄薄的衣服當作禮物，結婚後就要回來了。

以為是禮物原來只是做做有送的樣子，不知道吃喜酒的時候會不會打包外帶？

〈世說新語．儉嗇〉：王戎女適裴頠，貸錢數萬。女歸，戎色不說。女遽還錢，乃釋然。

對姪子這麼吝嗇，那對自己的女兒呢？放心，小氣的王戎一視同仁，對誰都吝嗇，絕對公平。他的女兒跟他借錢數萬元，每次女兒回家，王戎都結屎臉給女兒看。女兒後來還錢了，王戎就笑顏逐開了。

詞語百寶袋

一、鶴立雞群：

鶴站在雞群之中，非常突出。比喻人的儀表才能超群脫凡。出自晉．戴逵〈竹林七賢論〉。後亦用「鶴立雞群」比喻事物的不平凡。

例句：他真是一表人才，在眾人間總是鶴立雞群，十分引人注目。

二、窮途之哭：

本指因車行無路而悲傷。《晉書．卷四九．阮籍傳》：「時率意獨駕，不由徑路，車跡所窮，輒慟哭而反。」後形容因身處困窘之境而悲傷不已。唐．王勃〈滕王閣序〉：「孟嘗高潔，空懷報國之情；阮籍猖狂，豈效窮途之哭。」

例句：平時要養成積蓄習慣，免得臨時要用錢時只能做「窮途之哭」。

三、契若金蘭：

形容朋友情意相投合，如兄弟一般。南朝宋．劉義慶《世說新語．賢媛》：「山公與嵇、阮一面，契若金蘭。」也作「契合金蘭」。

例句：他們朋友之間的感情深厚，契若金蘭。

四、箕山之志：

相傳堯欲將天下讓給許由，許由不受而避居箕山。故後以箕山之志指隱居避世，不慕虛榮的高尚志節。《文選．曹丕．與吳質書》：「而偉長獨懷文抱質，恬惔寡欲，有箕山之志，可謂彬彬君子者矣。」也作「箕山之節」。

例句：嵇康在亂世之中仍保有箕山之志，不願做官違背自己心願。

國學小常識

《世說新語》是零星記事的志人筆記，為南朝宋劉義慶集門下客所共同編寫，所記多為東漢至魏晉間名士的軼聞瑣事，分為三十六篇，起自〈德性〉終於〈仇隙〉，全書用散文寫成，屬於筆記小說，開後世說部之先河，也是最早具有小說形式者。

參考書籍：南朝宋劉義慶《世說新語全解》）（江西美術出版社，二〇一九年六月）

第二章

我排佛我驕傲！韓愈毀佛不成差點被餵鱷魚

韓愈是唐宋八大家之首，除了文章寫得好，推行古文運動之外，最為人所知的，就是他毀神滅佛，一輩子致力跟佛家作對，寧可自損一千，也絕對要傷佛八百。

而唐朝佛教興盛，當所有人包括皇帝都認真拜佛禮佛，韓愈仍不改其志，雖千萬人而吾往矣，就算全世界與我為敵，我還是要排佛！

雖然韓愈對於排佛的態度非常強硬，但他還是有許多和尚好朋友，也對他們很和善，畢竟韓愈還是懂得想要完成滅佛大業，那僧人朋友當然是越多越好，這樣方便洗腦，最好就把這些和尚都洗到還俗！

沒想到還真的有幾個人被他洗腦成功了，例如寫下「只在此山中，雲深不知處。」的賈島，當初就是個和尚，韓愈勸他還俗好好去參加科舉考試，不要當什麼和尚了。

韓愈的好友柳宗元也篤信佛教，雖然兩人感情不錯，但在這點上卻有爭執，韓愈批評柳宗元喜歡那些佛教言論，斥責他和僧人來往：「嘗病予嗜浮屠言，訾予與浮屠遊。」對於柳宗元禮佛這件事非常不以為然。

有次，柳宗元的和尚好朋友文暢高僧要出書了，柳宗元不知道哪根筋不對，竟然找了韓愈寫序。

韓愈也沒拒絕，心想，你敢找我，我就敢寫！這麼好的機會絕對不能錯過，不然就有辱我擋佛殺佛大使的名號，馬上給他置入性行銷一下！

於是咱們文起八代之衰的大文豪韓愈馬上動筆沙沙沙地寫了起來。

夫文暢，浮屠也，如欲聞浮屠之說，當自就其師而問之，何故謁吾徒而來請也？彼見吾君臣父子之懿，文物事業為之盛，其心有慕焉，拘其法而未能入，故樂聞其說而請之。……（略）余既重柳請，又嘉浮屠能喜文詞，于是乎言。

翻譯：文暢你是一個和尚，想要聞佛法應該找你師父啊，幹嘛跑來找我呢？

最後的一根稻草，就是韓愈又加上一句：「況其身死已久，枯朽之骨，凶穢之餘，豈宜令入宮禁？」「以此骨付之有司，投諸水火，永絕根本，斷天下之疑，絕後代之惑。使天下之人，知大聖人之所作為，出於尋常萬萬也。豈不盛哉！豈不快哉！」

翻譯：何況佛身已經死了很久，枯朽的指骨，是汙穢不祥的屍骨殘留，怎麼可以讓它進入宮廷裡！不如乾脆把佛骨丟到水裡、丟到火裡，徹底銷毀，讓大家都信奉孔孟思想，這才是最痛快的事啊！

韓愈說，矮額，那個東西髒髒的，你還要讓它進宮裡來，太噁心了啦！不如徹底銷毀，以絕後患。

皇帝怒氣值：120％！

於是憲宗終於不忍了！他氣到渾身發抖，韓愈你罵我短命就算了，還說我膜拜的佛骨是拉塞咪啊（閩南語）我要是不把你折成兩半我還是皇帝嗎？傳旨，斬！

皇帝要斬韓愈，宰相裴度和崔群立刻率眾臣求情，如果殺韓愈則內閣總辭。憲宗說：「愈言我奉佛太過，猶可容，至謂東漢奉佛之後，天子咸夭促，言何乖剌邪？愈，人臣，敢爾狂妄，固不可赦。」〈新唐書．韓愈傳〉

人家憲宗其實也說得很中肯，他說韓愈說我信佛太過，我還可以容忍，但他說到信佛的天子都會短命，這就太過分了吧！作為人臣，還敢這樣狂妄無禮，實在不能赦免。於是韓愈死罪難免，活罪難逃，憲宗叫他滾出長安，被貶至八千里外的潮州做刺史。

那時正是公元八一九年的正月，大雪來襲，五十一歲的韓愈，匆匆孤身上路，走到藍關下大雪，雪大到完全走不了，不得已只好停下來。韓愈看到遠遠有一個頭戴斗笠的人，下馬走近一看，竟是十二郎的兒子韓湘來送行！（就是八仙過海裡面的那位韓湘子。）

韓愈看著年輕的姪子站在大雪紛飛的路上等著他，想到自己落到這般境地，淚水忍不住奪眶而出，並寫下了那首大氣磅礴，直追杜甫的七律名詩〈左遷至藍關示侄孫湘〉：

一封朝奏九重天，夕貶潮州路八千。欲為聖朝除弊事，肯將衰朽惜殘年！雲橫秦嶺家何在？雪擁藍關馬不前。知汝遠來應有意，好收吾骨瘴江邊。

古代寵物溝通師

韓愈到了潮州也沒閒著，短短八個月，他興辦教育，讓潮州文風鼎盛。當地鱷魚為患，韓愈最厲害的就是他那隻筆，寫了一篇〈祭鱷魚文〉：

鱷魚有知，其聽刺史言：潮之州，大海在其南，鯨、鵬之大，蝦、蟹之細，無不歸容，以生以食，鱷魚朝發而夕至也。今與鱷魚約：盡三日，其率醜類南徙於海，以避天子之命吏；三日不能，至五日；五日不能，至七日；七日不能，是終不肯徙也。是不有刺史、聽從其言也；不然，則是鱷魚冥頑不靈，刺史雖有言，不聞不知也。夫傲天子之命吏，不聽其言，不徙以避之，與冥頑不靈而為民物害者，皆可殺。刺史則選材技吏民，操強弓毒矢，以與鱷魚從事，必盡殺乃止。其無悔！

翻譯：鱷魚，你如果有知，就好好聽刺史我說：潮州這地方，大海在它的南方，大至鯨魚、鵬鳥，小至蝦、蟹。沒有不在大海生活取食的，鱷魚你早上從潮州出發，晚上就能到達大海。現在，刺史我跟你鱷魚約定。至多三天，務必率領你們這群醜類，南遷到大海去，以躲避天子任命的地方官；三天辦不到，就放寬到五天；五天辦不到，就放寬到七天；七天還辦不到，這就表明你最終不肯遷移了。這就是不把刺史我放在眼裡、不肯聽刺史的話。不然的話，就是鱷魚愚蠢頑固，雖然刺史已經有言在先，但還是聽不進去。凡對天子任命的官吏傲慢無禮，不聽他的話，不肯遷移躲避，以及愚蠢頑固而又殘害民眾的牲畜，都應該處死。刺史我就要挑選有才幹有技能的官吏和民眾，操起強硬的弓弩，安上有毒的箭矢，和鱷魚作戰，一定要把鱷魚全部殺盡，才會停手。到了那時，你們可不要後悔啊！

這篇文章寫完之後，韓愈就命人燒掉撒至鱷魚江邊，說也奇怪，從此之後，真的就再無鱷魚作怪了。

韓愈鬥鱷魚成為千古奇談，姑且不論是不是真的，這篇〈祭鱷魚文〉倒是成為後代生物學家很重要的文獻，原來鱷魚可以追溯至唐代。於是一位日本古生物學家飯島為了紀念韓愈，就給一個新的史前鱷魚物種，取名叫做「中華韓愈鱷」。

韓愈：「屠鱷魚的勇士終將成為鱷魚。」（設計對白）

詞語百寶袋

一、冥頑不靈：

愚昧頑固而不通靈性。語出唐・韓愈〈祭鱷魚文〉：「不然，則是鱷魚冥頑不靈，刺史雖有言，不聞不知也。」

例句：弟弟不聽別人的勸告，一意孤行，真是冥頑不靈。

二、朝發夕至：

早上出發，晚上就能到達。形容路程不遠或交通便利。語出唐・韓愈〈祭鱷魚文〉：「以生以食，鱷魚朝發而夕至也。」

例句：現代交通便利，即使去很遠的地方，也能朝發夕至。

國學小常識

唐代古文運動：

自魏晉南北朝駢文大行，文風綺靡，側重形式，忽略內容，缺乏實用價值，初唐由陳子昂、李華等人，主張寫文章皆不拘駢文，開始要求實用文學，是古文運動的前驅。

中唐韓愈、柳宗元提倡「古文運動」，以掃除當時綺靡之文風。主張「文以載道、文以明道」，使文章脫離華靡風氣。唐代古文運動直接影響到宋代古文運動，而其對散文的影響則遠及清代。

第三章

蘇軾愛「呵呵」？宋代文豪書信往來間的豪邁笑聲

有一陣子網路上的資深鄉民最愛講「呵呵」，然後都會打注音文ㄎㄎ，其實「呵呵」早在北宋時期，就有一位大叔超愛用，寫信給朋友的時候結尾都會來一句「呵呵」。這位愛講呵呵的就是大名鼎鼎的蘇軾！

譬如蘇軾寫給好友的信〈與鮮於子駿書〉：

「近卻頗作小詞，雖無柳七郎風味，亦自是一家。呵呵！」

翻譯：「最近做了一首小詞，雖然不是柳永的風格，但也是自成一家，呵呵！」

柳永也是詞壇霸主，但柳永的詞寫得比較婉約香軟，而蘇軾寫的詞豪放曠達，他覺得自己和柳永不一樣，開創了另一個風格，所以很開心，呵呵。

另外還有寫給家裡老婆很兇的陳季常（河東獅吼的由來），信中也出現呵呵：「一枕無礙睡，輒亦得之耳。公無多奈我何，呵呵。」

翻譯：意思是只要晚上睡得爽，寫詞只是小意思啦！呵呵。

在教朋友煮菜時也呵呵：「取筍簟菘心與鱖相對，清水煮熟，用姜蘆服自然汁及酒三物等，入少鹽，漸漸點灑之，過熟可食。不敢獨味此，請依法作，與老嫂共之。呵呵。」

蘇東坡真的很喜歡用呵呵，有學者從蘇軾留下的書信中，找出四十幾封信有使用「呵呵」兩字，所以可見呵呵就是蘇軾的口頭禪無誤！

最早的呵呵

但其實「呵呵」這一詞不是蘇軾獨創，而是有很久的歷史了。在〈晉書·石季龍載記〉就用到「呵呵」，當時後趙皇帝石虎的兒子石宣，因為嫉妒弟弟石韜受寵，也害怕自己得不到王位，基於種種感情與政治因素，他把自己的親弟弟殺死了，晉書是這麼記載的：「乘素車，從千人，臨韜喪，不哭，直言呵呵，使舉衾看屍，大笑而去。」

石宣去了石韜的喪禮，沒有哭反而呵呵，最後看到屍體後，已經快樂得無法憋了，就大笑而去。之後被皇帝石虎發現後，就對石宣處以殘酷的極刑，這也是歷史上很有名父子相殘的人倫悲劇故事。

後趙皇室為胡人，因此有學者推論，「呵呵」一詞，可能是胡人特有的笑聲。又有一說，認為「呵呵」是一個漢譯佛經的外來詞，可指笑聲，佛的笑聲，或是恐懼而起的哭聲，或是地獄的名稱，詞義相當多又歧異。

《全唐詩》中「呵呵」這一詞至少出現三次。

像是唐朝僧侶寒山寫的〈詩三百三首之五十六〉：「含笑樂呵呵，啼哭受殃抉。」晚唐詩人韋莊〈天仙子〉：「醺醺酒氣麝蘭和，驚睡覺，笑呵呵，長笑人生能幾何。」

還有〈菩薩蠻〉：「勸君今夜須沉醉，尊前莫話明朝事。珍重主人心，酒深情亦深。須愁春漏短，莫訴金盃滿。遇酒且呵呵，人生能幾何。」

翻譯：喝啦喝啦，今夜一定要不醉不歸，喝酒時候不要說明天的事。看在我的一片真心，只須煩惱今晚太短暫，不要抱怨酒杯太滿。有酒能喝要笑呵呵，人生能有多長呢？

直接把「呵呵」放到詞裡面，這邊的「呵呵」，有點愁，一點苦中作樂，人生這麼苦，能喝就喝吧！

歐陽脩、文天祥也愛用呵呵

蘇軾還沒出生時，歐陽脩就開始在書信中「呵呵」了。景佑元年（一〇三四年），歐陽脩在〈與王幾道一通〉中寫：「聖俞得詩大喜，自謂黨助漸熾，又得一豪者，然微有飢態。幾道未嘗為此詩，落意便爾清遠，自古善吟者益精益窮，何不戒也。呵呵。」

蘇軾剛剛滿三歲時（一〇三九年），歐陽脩又在信中「呵呵」。

「孫書注說，日夕渴見，已經奏御，敢借示否？蒙索亂道，恰來盡，呵呵。」

「銘文不煩見督，不久納上，只為須索要好者，恐未盡爾。呵呵。」

除了歐陽脩之外，文天祥也會「呵呵」。愛國文人文天祥在〈有感〉中曾說：「心在六虛外，不知身網羅。病中長日過，夢裡好時多。夜夜頻能坐，時時亦自歌。平生此光景，回首笑呵呵。」

這樣看起來，呵呵可能是宋朝的流行用語，蘇軾就直接繼承老師歐陽脩愛「呵呵」的習慣，還把他發揚光大了。

同場加映，蘇軾著迷星座

蘇軾還很沉迷星座。沒錯！就是十二星座，西洋體系中的黃道十二星座最早在隋初就隨著佛教傳到中國。

蘇軾說：「僕乃以磨蝎為命，平生多得謗譽，殆是同病也。」表示自己和韓愈都是摩羯座（韓愈躺著也中槍），所以常被小人說壞話，我摩羯我歹命啦！因為蘇軾帶頭講這句話，後代的文人都覺得自己命不好，就一定是因為摩羯座的關係，成為了一種典故。

清苦一生磨蝎命，淒涼千古耒陽墳。

——元・尹廷高

謾灼膏肓驅二豎，懶從磨蝎問三星。

——元・趙汸

莫嘆遭逢磨蠍重，世間風浪幾曾平。

——清・袁枚

諸君運命頗磨蠍，可憐顛頓愁眉腮。

——清・曾國藩

摩羯座真的很無辜，周杰倫也是摩羯座啊，人家命多好，不要隨便亂甩鍋啦，順帶一提，我本人也是摩羯座。

總結來看，我們現在還在那邊呵呵、看星座，人家蘇軾幾百年前就做過了，我們跟他比還算很落伍咧！如果他生在現代，應該也是超級網紅，常常發文，IG臉書到處遊玩打卡（因為很常被貶），還有各式食譜和美食照，跟國師唐綺陽占星幫也會是好朋友，兩人一起吃東坡肉看星座吧！

國學小常識

一、詞：

詞或辭，是一種詩歌藝術形式，是中國古代詩體的一種，亦稱曲子詞、詩餘、長短句、樂府。始於唐代，在宋代達到其頂峰。一開始伴曲而唱，所以寫詞又稱作填詞、倚聲。後來逐漸獨立出來，成為一門專門的詩歌藝術。

詞按長短字數來分，大致可分為小令（五十八字以內）、中調（五十九到九十字）和長調（九十一字或以上）。一首詞，有的分為一段，稱為單調；有的分為兩段，稱為雙調；有的分為三段或四段，稱為三疊或四疊。

二、宋詞：

北宋詞的發展，大致可以分為三個時期。

第一個時期，「婉約派」：詞風繼承晚唐五代，有花間派氣息，而往更加高雅的途徑發展。語言婉約而清麗，內容也未有太大突破。這個時期的代表詞人有晏殊、歐陽脩，稍晚尚有晏幾道，可謂花間詞風之末。

第二個時期，「綺麗派」與「豪放派」：「綺麗派」代表人物為張先、柳永。他們在市民階層活躍，針對都市生活、男女感情、羈旅行役等方面進行描寫，採用鋪陳描述的長調慢詞。

「豪放派」則是北宋詞壇巨星蘇軾。蘇軾打破詞體的既存限制，脫離綺麗婉約的風格，使詞的題材極度擴大，到堪與詩相比的程度，開創豪放一脈詞風。

第三個時期，「格律派」：蘇軾之後，秦觀、賀鑄等等，均相當重視格律；周邦彥則集其大成，並審音定調，形成相當重視格律的格律詞派，且影響後世格律詞深遠，李清照對格律亦相當重視。

第四章

有貓就給讚！盤點宋代那些貓奴詩人

古代愛貓人士非常多，尤其在宋朝更是一種流行。蘇軾也養貓，但他立場堅定，覺得養貓應該是來補鼠用的，不是拿來寵的，他的學生兼好友黃庭堅，也是這種工具貓派。

「秋來鼠輩欺貓死，窺瓮翻盤攪夜眠。聞道貍奴將數子，買魚穿柳聘銜蟬。」

中國文人自古喜歡以「貍奴」來稱呼貓兒，那時黃庭堅家裡鼠輩橫行，於是他聽從建議來養貓抓鼠，他買了一條魚，掛在柳枝上，當作聘禮去找朋友家的小貓。你可以想像一下那個畫面是這樣的：有個滿臉猥瑣笑容的阿伯，拿著掛在柳枝上的魚誘貓，一邊倒退著，一邊就把貓咪拐進自己家。

黃庭堅奸笑：「哼哼，既然進了我家大門，你就出不去了！乖乖護書捕鼠吧！」

貓咪：？？？我是誰，我在哪，我的魚呢喵～

「養得貍奴立戰功，將軍細柳有家風。一簞未厭魚餐薄，四壁當令鼠穴空。」

黃庭堅馴貓有成，他的貓戰功彪炳，猶如漢代名將周亞夫將軍一樣威猛，家裡的老鼠全都抓光光！而且還不用花太多魚和罐罐，真的是一隻耐操擱有擋頭的哆拉A夢。（細柳這一詞最早出現在《史記．絳侯周勃世家》。這篇歷史記載了周亞夫駐紮在細柳營，所以細柳指的就是漢代周亞夫將軍。）

但不是所有人都像黃庭堅、蘇軾這樣會馴貓。

南宋有一位詩人陸游，一開始也是想養貓護書，但養著養著，就歪掉了。

陸游這一輩子寫的詩數量龐大，近乎萬首，還遠勝於詩魔白居易。他一生都希望能北伐，收復國土，所以一直被主和派秦檜所排擠，就算到臨終前，陸游還是不忘恢復中原，寫下了〈示兒詩〉：「死去元知萬事空，但悲不見九州同。王師北定中原日，家祭無忘告乃翁。」

翻譯：我死了後，別忘記告訴我宋朝已經收復國土的事啊！

也因為滿腔的愛國熱情，又被稱作是愛國詩人。

這樣一位剛毅的愛國詩人，他寫過超多詠貓詩，從這一系列的詩作，可以看到一個好好的人，是怎樣被貓馴化成為地位卑下的貓奴。

宋代鏟屎官陸游

在宋代要領養小貓咪，需要經過一連串聘貓儀式，就好像娶新娘一樣繁瑣。根據清朝人黃漢編著的《貓苑》就記載了收編貓咪的完整儀式。

先選擇一個良辰吉時，舉辦一場「納貓禮」，向主人奉上「聘禮」，內容大多是小魚乾、鹽巴、苧麻、糖等，將貓裝在桶子裡，外層用布袋蓋上，並從原主人家討一雙筷子，和貓放在一起，連桶帶貓一起扛回家；除此之外，新主人還要和貓咪簽訂「貓兒契」，上面寫著「東王公證見南不去」「西王母證知北不遊」，意味著希望在神明的見證下，貓咪不會亂跑或離家出走。

回到家後，新主人要先帶貓咪拜灶神，讓灶神認識家中新夥伴，接著再挖一個小土坑，把討來的筷子插上去，古代版的「貓砂盆」就完成了。

陸游一開始也遵循古禮，帶著聘禮鹽巴，歡歡喜喜地將貓咪迎回家。

〈贈貓〉

鹽裹聘貍奴，常看戲座隅。時時醉薄荷，夜夜占氍毹。

鼠穴功方列，魚餐賞豈無。仍當立名字，喚作小於菟。

翻譯：放翁的內心小劇場：高薪聘了一隻貓回來，看牠吸貓薄荷，晚上又睡毯毯。希望牠能勤奮工作，幫我抓老鼠，有功勞就賞魚吃，名字就叫小老虎吧！

「於菟」是楚人對老虎的別稱，根據〈左傳．宣公四年〉：「楚人謂乳穀，謂虎於菟」，陸游將聘來的新貓取名「小老虎」，想來這隻小老虎有可能是一隻橘貓。

〈贈貓〉二

裹鹽迎得小貍奴，盡護山房萬卷書。

慚愧家貧策勳薄，寒無氈坐食無魚。

翻譯：（放翁的內心小劇場）請了這隻貓後，希望牠能幫我保護好家中萬卷藏書。可惜家裡太窮，冷了沒有高級毛毯，也買不起好吃的，實在太慚愧啦！

〈得貓於近村以雪兒名之戲為作詩〉

似虎能緣木，如駒不伏轅。
但知空鼠穴，無意為魚餐。
薄荷時時醉，氍毹夜夜溫。
前生舊童子，伴我老山村。

翻譯：（放翁的內心小劇場）忍不住又去聘了另外一隻貓雪兒，聽說貓咪們都很勤奮抓老鼠，而且也不貪吃魚呢！

〈鼠屢敗吾書偶得貍奴捕殺無虛日群鼠幾空為賦〉

服役無人自炷香，貍奴乃肯伴禪房。
晝眠共藉床敷軟，夜坐同聞漏鼓長。
賈勇遂能空鼠穴，策勳何止履胡腸。
魚餐雖薄真無愧，不向花間捕蝶忙。

翻譯：（放翁的內心小劇場）好棒好棒！我家的貓貓最棒了！陪我讀書陪我睡覺，也不吵著要吃魚，也不玩耍著抓蝴蝶，還把老鼠都趕跑了，工作這麼敬業，實在令人感動呢！

〈贈粉鼻〉

連夕貍奴磔鼠頻，怒髯噀血護殘囷。
問渠何似朱門李，日飽魚餐睡錦茵。

翻譯：（放翁的內心小劇場）不小心又聘了一隻貓叫做粉鼻，牠也會抓老鼠，但感覺有點偷懶？

〈二感〉

貍奴睡被中，鼠橫若不聞。殘我架上書，禍乃及斯文。

乾鵲下屋檐，鳴噪不待晨。但為得食計，何曾問行人。

惰得暖而安，饑得飽而馴。汝計則善矣，我憂難具陳。

翻譯：（放翁的內心小劇場）這些貓怎麼開始偷懶了？全給我睡在被子裡，老鼠橫行也假裝聽不到，天啊，我的書要被老鼠咬壞了啊，有夠擔心的啦！

〈嘲畜貓〉

甚矣翻盆暴，嗟君睡得成！但思魚饜足，不顧鼠縱橫。

欲騁銜蟬快，先憐上樹輕。朐山在何許？此族最知名。

翻譯：（放翁的內心小劇場）氣鼠我了，你們這些貓咪太過分了，只想著吃魚不想捉老鼠，還給我跑出去爬樹捉蟬，回來還把自己的食盆踩翻，我還要幫你們收拾，這幫懶惰貪食的傢伙給我記住！

〈十一月四日風雨大作〉

風捲江湖雨暗村，四山聲作海濤翻。溪柴火軟蠻氈暖，我與貍奴不出門。

僵臥孤村不自哀，尚思為國戍輪臺。夜闌臥聽風吹雨，鐵馬冰河入夢來。

翻譯：（放翁的內心小劇場）天這麼黑，風這麼大，貓咪們還是不要去補鼠吧，和我一起烤火取暖，老鼠什麼的，愛抓不抓隨便你們啦！只是我還想著國家興亡，哎，什麼時候才能為國家做點事呢？不管了，還是吸貓吧！

〈獨酌罷夜坐〉

不見麴生久，惠然相與娛。安能論鬥石，僅可具盤盂。

聽雨濛僧衲，挑燈擁地爐。勿生孤寂念，道伴大貍奴。

翻譯：（放翁的內心小劇場）見不到朋友一起喝酒，沒關係；有點寂寞，也沒事。我有我的大貍奴，只要隨時揉一揉、吸一吸，我就不孤單啦！

宋魂不滅，貓奴千古

除了陸游之外，還有一位愛國詩人也愛貓，那就是文天祥。

文天祥寫過一首詩：

病里心如故，閒中事更生。
睡貓隨我懶，黠鼠向人鳴。
羽扇看棋坐，黃冠扶杖行。
燈前翻自喜，瘦得此詩清。

文天祥年輕時個性奢侈，養歌姬，每天喝酒，官做得不錯，也很有錢。懷中就抱著一隻貓，跟他一樣閒散，也不用捕鼠，陪著文天祥下棋看書。

這隻貓錦衣玉食，生活過得很優渥。只是好景不常，轉眼間蒙古軍攻來，國破家亡，文天祥於是痛心丟了酒杯，變賣全有的歌姬家產，當了軍費，準備北上抗元。

貓咪呢？自然是不能帶在身邊受苦受罪。當國家富強，人人都吃飽穿暖時，貓咪也跟著又肥又潤，然而國家有難，貓咪又怎麼能躲得過？

那是一個非常艱難的時刻，不知道文天祥是如何送走那隻貓咪的，貓代表的是一種安定與溫暖，與貓離別，同樣也象徵著那些日子不再回來。文天祥也只能嘆息，緊緊抱了一下愛貓，然後毅然決然轉頭離開。貓咪嗚嗚地叫著，離去的文天祥昂首踏步，決絕北上，從此再也沒有回來過。

元十九年（一二八二年），文天祥被俘，他從容不迫地踏上刑場，整理衣冠，向著南方跪拜，在叩首的那一刻，也許文天祥心裡想著他的愛貓，即使身體回不去家鄉，但靈魂能夠無遠弗屆翻山越嶺，與貓咪相聚。

文天祥被處死，終年四十七歲。

大宋被滅，從此成了元朝天下，那些人，那些事，那群貓，是否都已經成過去了呢？答案是否定的，宋人愛貓的血液，被好好傳承下來了，現代貓奴已遍地，即使改朝換代，貓咪可愛的模樣，也不會被抹滅，人類只能乖乖被俘虜，成為千古貓奴。

詞語百寶袋

一、照貓畫虎：

比喻照樣子模仿。

例句：這幅畫只是照貓畫虎，雖然型態很像，但缺乏靈魂及神韻。

二、窮鼠齧貓：

齧，音ㄋㄧㄝˋ，老鼠被貓追急了，也會反過來咬貓。比喻人到了無路可走的時候，也會起而反抗。語本漢．桓寬《鹽鐵論．詔聖》：「死不再生，窮鼠齧狸。」

例句：他一直被人欺負，走投無路的情況之下，他也只能窮鼠齧貓，想盡辦法反擊。

第五章

我笑他人看不穿，唐伯虎沒有點秋香

空閒時跟女兒一起看了周星馳的唐伯虎點秋香，女兒問我，歷史上真的有唐伯虎這個人嗎？我說，有的，只不過和電影裡的唐伯虎，可是差了十萬八千里啊！

唐寅，字伯虎。從他的名字來看，應該是生肖屬虎，寅是地支的第三位，對照起來便是虎年，所以取名唐寅。又因為排行老大，古時長子稱伯，就叫做伯虎。

唐伯虎從小就是學霸，聰明絕頂，十六歲以第一名的成績考取秀才，十八歲時考了鄉試第一名，還取了漂亮的老婆，可說是人生勝利組。但悲劇來得太快就像龍捲風，二十四歲起，唐伯虎不知倒了什麼楣，先是父親去世，母親在數月後病故，緊接著妹妹也離開人間，最後老婆還難產，連同腹中的另外還有蒲松齡以志怪內容反映社會面貌的短篇小說集《聊齋誌異》。吳敬梓的諷刺小說的《儒林外史》。在《儒林外史》的影響下，《老殘遊記》等為代表的揭發官場醜態的晚清譴責小說等。

www.booklife.com.tw　reader@mail.eurasian.com.tw

天際系列 023

讀懂古人的痛，就能跳過現代的坑：
史上最潮的國學經典

作　　者／林俐君（綠君麻麻）
插　　畫／江易珊
發 行 人／簡志忠
出 版 者／圓神出版社有限公司
地　　址／臺北市南京東路四段50號6樓之1
電　　話／（02）2579-6600．2579-8800．2570-3939
傳　　真／（02）2579-0338．2577-3220．2570-3636
副 社 長／陳秋月
主　　編／賴真真
責任編輯／吳靜怡
專案企畫／沈蕙婷
校　　對／吳靜怡．沈蕙婷
美術編輯／蔡惠如
行銷企畫／陳禹伶．林雅雯
印務統籌／劉鳳剛．高榮祥
監　　印／高榮祥
排　　版／陳采淇
經 銷 商／叩應股份有限公司
郵撥帳號／18707239
法律顧問／圓神出版事業機構法律顧問　蕭雄淋律師
印　　刷／國碩印前科技股份有限公司

2024年8月 初版　2024年9月 6刷

定價 430 元　ISBN 978-986-133-932-0

每次讀〈赤壁賦〉，我總是會有不同的想法，也想起很多讓我快樂的瞬間，想起那一輪明月，我看過的明月也是蘇軾曾看過的，也許在那個當下，我與蘇軾的精神是共同並存的，就像他說的「物與我皆無盡」，我與他，也能穿越時空，成爲彼此心靈上的朋友。

——《讀懂古人的痛，就能跳過現代的坑：史上最潮的國學經典》

國家圖書館出版品預行編目資料

讀懂古人的痛，就能跳過現代的坑．史上最潮的國學經典
／林俐君（綠君麻麻）著.
-- 初版 -- 臺北市：圓神出版社有限公司，2024.08
256 面；14.8×20.8公分. --（天際系列；23）
ISBN 978-986-133-932-0（平裝）

1. CST：古文　2. CST：讀本

802.82　　113008531